I0557296

L'île de Sérénité

Livre 1

Survie

Gary Edward Gedall
2014-22

Publié par

Des mots aux mondes

(From Words to Worlds)

Lausanne, Suisse

www.fromwordstoworlds.com

Images synthétisées par Boris :
contact@avasta.ch

Edition imprimée

ISBN 978-2-940535-32-3

Par le même auteur

Aventures avec le maître

La série Peter le lutin

L'île de la sérénité, Pt 1 : Destruction
(Série - publiée ou en préproduction)

Non-fiction : (publié ou en pré-production)

Vivre en harmonie avec le monde réel

Vol 1   Fondamentaux : Famille, amis et ennemis
Vol 2   Travail : Paradis ou Purgatoire
Vol. 3   Faire face à la perte et au deuil
Vol 4   Perfectionner votre rôle de parent
            intérieur

Hypnose

Souvenez-vous de
Hypnose augmentée

L'image de l'esprit :

Vol. 1   Principes de base

A propos de l'auteur

Gary Edward Gedall est un psychologue et psychothérapeute agréé par l'État, formé à l'hypnose ericksonienne et à l'EMDR.

Gary est titulaire d'un diplôme ordinaire et d'une maîtrise en psychologie des universités de Genève et de Lausanne, ainsi que d'un diplôme spécialisé en sciences de gestion de l'université d'Aston, au Royaume-Uni.

Il a vécu en tant que membre associé de la communauté spirituelle de Findhorn et a été un visiteur régulier de la station de méditation internationale OSHO à Puna, en Inde. Dans le cadre de sa quête permanente de compréhension des croyances et des pratiques de guérison alternatives, il a suivi la formation pratique de trois ans proposée par la Foundation for Shamanic Studies en 2012.

En 2017, il a obtenu un diplôme professionnel de troisième cycle d'études avancées en thérapie assistée par l'équidé.

Les loisirs de Gary sont l'écriture, l'équitation western et gâter ses enfants. Il écrit également régulièrement pour le forum internet Quora (écrivain Quora de l'année 2015 et 2018 ; 2'200'000 vues à ce jour).

Avis de non-responsabilité

Les personnages et les événements de mes livres sont une synthèse de tout ce que j'ai vu et fait, des personnes que j'ai rencontrées et des histoires qu'elles ont partagées.

Il y a donc des échos de personnes et d'événements réels. Cependant, aucun personnage n'est purement dérivé d'une seule personne et ne vise en aucun cas à dépeindre une personne, vivante ou morte.

Mes livres ne sont en aucun cas des livres de thérapie et n'ont pas pour but de contredire ou d'invalider une autre vision de l'être humain ou de sa psyché, ni une thérapie particulière.

Le suicide n'est jamais la meilleure option.

Réalisation, Repentance, Rédemption, Libération et Renaissance.

Ce livre a été inspiré par la réalisation du fait que je n'ai jamais fait le deuil de la mort de mon frère aîné, Lloyd, à qui cette série est dédicacée.

Dans mon cabinet de thérapie je suis trop souvent confronté à des patients pour qui la vie n'a plus aucun sens ni perspectives. C'est mon devoir de les aider à redonner un sens à leur vie, et de les encourager à retrouver un peu d'espoir et la conviction que les choses peuvent s'améliorer.

Ce livre s'adresse à vous tous qui avez fait des erreurs, des mauvais choix et des actions destructrices (ce qui concerne à peu près 99% de la population).

Nous avons tous fait des erreurs dans notre vie, mais il n'est jamais trop tard pour les réparer.

Souvenez-vous, vous pouvez toujours trouver des professeurs, des thérapeutes, des guides spirituels et religieux, etc.., qui sont là pour vous aider sur votre chemin.

N'hésitez pas à demander de l'aide si vous en avez besoin, vous n'êtes pas obligés d'être seuls pour affronter vos démons.

Je saisis également cette occasion pour remercier ma fille Kyra pour son aide dans la structuration des séries, elle a passé de longues heures et s'est beaucoup investie pour réfléchir avec moi sur le développement des récits.

Gary Edward Gedall 11.03.2017

Table des matières

Maintenant

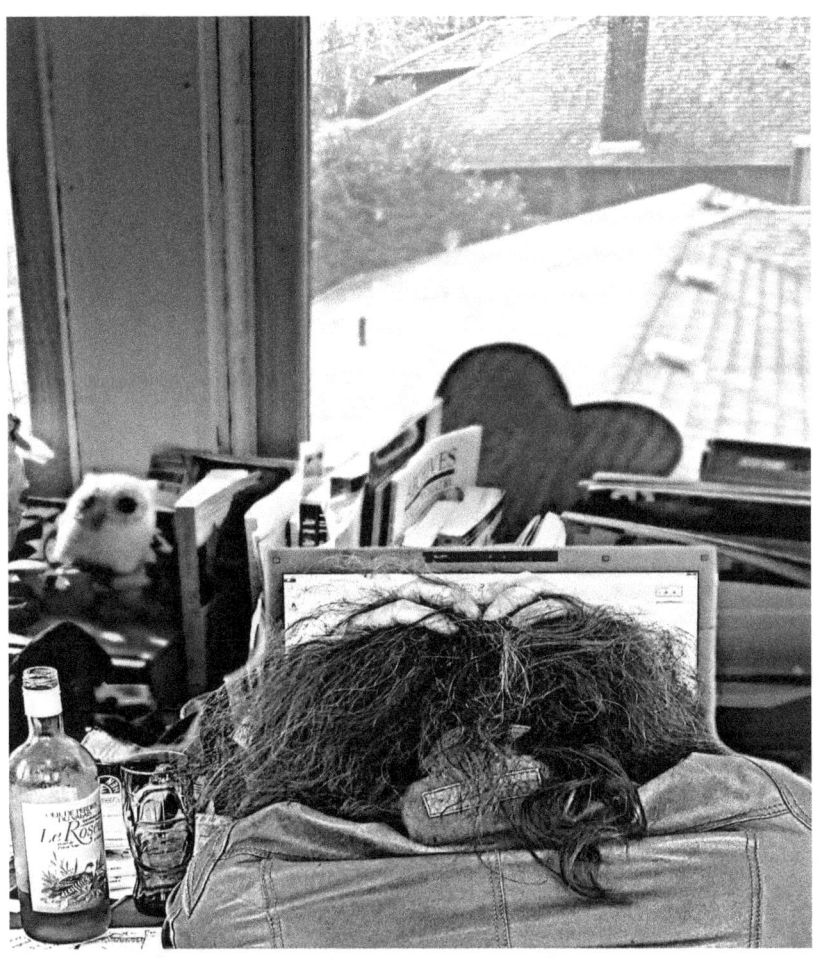

1. Sujet : Désolé

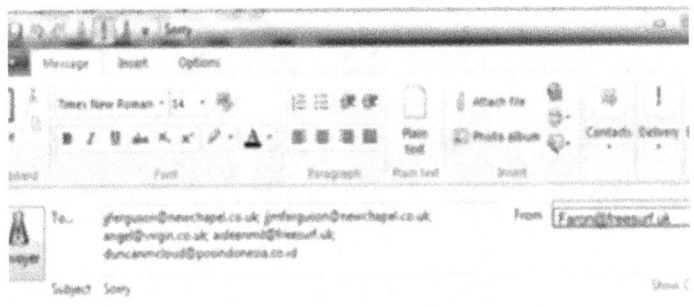

Au moment où vous lirez ces lignes, je serai mort.

Demain, je devais fêter mon quarantième anniversaire. Je n'ai pas pu y faire face, alors comme le lâche que je suis, je me défile.

Je sais que j'ai gâché vos vies, ainsi que la mienne, et j'en suis désolé, mais ce n'était pas vraiment ma faute. Vous voyez, nous sommes tous le produit de notre passé. Aucun d'entre vous ne connaît toute mon histoire ; c'est pourquoi, une fois pour toutes, je vais l'écrire.

Vous pourriez bien être choqués par ce que vous allez lire, mais avant de partir, je dois m'exprimer.

Ce n'est pas une histoire glorieuse, j'ai fait des choses merdiques, je le sais, mais je n'ai jamais voulu être une mauvaise personne.

Voici mon histoire...

2. Mystification

Il y a du brouillard ou de la brume, ou quelque chose comme ça.

« Quel type d'enfer est-ce ici ? » Il n'est ni flottant ni clairement debout.

« Pas tout à fait l'enfer, Faron. »

La voix vient de nulle part et pourtant de partout. S'agit-il d'une vraie voix, ou juste d'une idée dans sa propre tête ?

« Qui êtes-vous ? Où êtes-vous ? Comment connaissez-vous mon nom ? »

Les questions fusent, la peur et la colère alimentant son agressivité.

« Qui je suis n'a pas d'importance. Où je suis n'est pas ici. Et je connais votre nom parce que je suis ici pour vous aider. »

La voix est calme, rassurante, assurée.

« Mais où suis-je ? ... Suis-je mort ? » Il cherche toujours désespérément une sorte de réponse.

« Vous êtes ... entre les deux. »

Est-il possible d'entendre quelqu'un sourire en répondant ?

« Entre quoi ? »

« Ici et là. »

« Est-ce le purgatoire ? »

« Vous pouvez choisir de l'appeler ainsi. »

« Pourquoi suis-je ici ? »

« Pourquoi, à ton avis ? »

« Parce que vous ne savez pas où m'envoyer ? »

« Il faudra décider où vous irez ensuite. »

« Mais je ne peux pas changer ce que j'ai fait. »

Il sait pourquoi il a choisi de mettre fin à sa propre vie, même si cet autre ne semble pas comprendre.

« Tu peux changer qui tu es maintenant. »

« Mais c'est trop tard. » Pourquoi ne peut-il pas comprendre ce qui est si évident ?

« S'il était trop tard, il n'y aurait aucune raison que vous soyez ici. »

« Oui, peut-être que ça semble logique, mais... Écoutez, qui ou quoi que vous soyez, c'est trop tard. J'ai complètement foutu ma vie en l'air. Ça ne sert à rien d'essayer de changer quoi que ce soit... Voilà, c'est dit, il n'y a plus rien à dire. »

« Bien, alors j'espère que vous aimez le paysage… »

« Il n'y a pas de paysage, juste des nuages ou du brouillard. »

« …parce que c'est ici que vous allez rester. »

« Rester ? »

« Oui, rester. »

« Mais pour combien de temps ? »

« Jusqu'à ce que tu acceptes l'idée du changement. »

« Donc, c'est mon choix, soit de changer, soit de rester ? »

« C'est le seul choix possible ; changer ou rester le même. »

« Oui, pour changer ou rester le même. »

« Changer ou rester le même. »

« Ok, c'est changer. »

« Oui, changer. »

« Ok. »

Les premières années

3 Le chêne et le frêne

Certains enfants naissent avec une cuillère en argent dans la bouche ; je suis né avec une cuillère enfoncée dans le cul.

Ainsi, je pouvais m'asseoir droit, me tenir droit et briller de l'intérieur.

Ma mère descendait directement d'une obscure famille de la noblesse française.

Une famille qui avait eu la bonne idée de prendre des vacances prolongées avec ses ennemis anglais.

Des vacances assez longues et lointaines, pour qu'ils puissent garder leur tête quand tous les autres perdaient la leur.

Ils sont arrivés en Angleterre avec peu d'autres choses que leur noblesse et une petite boîte de bijoux très chers.

Ils ont acheté une petite maison dans le sud. Le duc a trouvé du travail comme précepteur, et la duchesse comme couturière.

Leurs enfants ont été élevés comme des aristocrates en exil ; toutes les vertus de la *bonne famille* leurs ont été inculquées.

Ils ont été correctement instruits, en prévision du jour où ils reviendraient réclamer leur héritage légitime.

Le mythe de leur noblesse a été transmis de génération en génération, tout comme une éducation de très haut niveau.

Leurs manières et leurs valeurs impeccables ont compensé la perte de tout le reste.

Lentement mais sûrement, la famille a réussi à remonter l'échelle sociale.

Les hommes étaient remarqués pour leur bravoure et leur honneur et ce fut observé pendant les guerres.

Les femmes étaient recherchées par les fils des propriétaires terriens locaux pour leur modestie et leur grâce.

Et, lorsque l'éducation est devenue universellement accessible, leur élevage et leur investissement intellectuel les ont propulsés au sommet de la hiérarchie.

Ces succès n'ont guère atténué l'importance de leur éducation stricte de nobles en exil.

Bien que, maintenant, l'idée qu'ils reviennent en France pour récupérer leur domaine s'était depuis longtemps évanouie.

En fait, ils avaient évolué par rapport à leur cible initiale, et se déplaçaient vers les échelons supérieurs de la société britannique.

Plusieurs générations étaient nées sur le sol anglais et elles avaient cessé de considérer la France comme leur patrie.

Il est donc devenu de plus en plus important de s'intégrer et de s'élever au sommet de l'aristocratie britannique.

Et c'est ainsi que ma mère - Antoinette-Marie Claude Armatage - est née dans la petite noblesse britannique.

Elle était la sœur cadette. Geneviève -Hélène Marie était son aînée de trois ans.

Antoinette-Marie a beaucoup souffert de la longue ombre de sa sœur, jolie, charmante et intellectuellement brillante.

Cependant, elle n'a pas perdu la forte directive familiale qui veut que l'on aille de l'avant.

Elle a donc dû secrètement s'engager à gravir l'échelle sociale plus vite et plus haut que sa sœur, dont la réussite est par ailleurs incontestable.

Pour atteindre cet objectif, il ne semblait y avoir qu'une seule voie : une très bonne alliance conjugale.

Elle devrait épouser un noble, déjà haut placé dans le cercle social du comté, ou quelqu'un d'assez riche - ou du moins en passe de l'être.

Tous les jeunes célibataires nobles étaient déjà très recherchés par de nombreuses jeunes et jolies femmes et même, Dieu nous en préserve, intelligentes, d'origine et d'héritage irréprochables, alors Antoinette-Marie a pris ses précautions et est partie à la recherche d'un jeune multimillionnaire en devenir.

Elle a trouvé cet homme dans mon père, James John Ferguson.

J.J. Ferguson, comme tout le monde l'appelait, était également issu de la lignée royale, comme le veut le mythe populaire.

L'un de ses ancêtres directs aurait été le fils illégitime de l'un des rois James.

Sa mère, dans un étrange reflet de l'histoire de la famille de ma propre mère (qui est si improbable qu'elle ne pourrait être que vraie), a nourri le jeune bâtard d'histoires sur sa véritable noblesse et sur la façon dont, à un moment donné, il retrouverait son statut.

Cet héritage familial aristocratique non officiel a été transmis de génération en génération.

Pour finalement arriver au seuil de la porte polie du Cardinal Rouge d'une misérable maison mitoyenne.

Une maison perdue quelque part dans une rue sombre - un des dortoirs de l'armée de dockers de Glasgow.

J.J., comme la plupart des gens de sa génération, a fait son apprentissage dans les « usines » et s'est battu jusqu'au bout, pour refaire surface quelques années plus tard en tant qu'ingénieur hautement qualifié.

Bien sûr, il aurait pu rester - comme la plupart de ses compatriotes ont choisi de le faire - pour vivre et travailler dans et autour de la famille et des amis qu'il a connus toute sa vie.

Oui, il aurait sûrement pu, mais J.J., nourri d'histoires et de promesses d'un droit de naissance volé, savait qu'il était destiné à de plus grandes choses.

Ainsi, par un beau matin de printemps, il fait ses adieux à son vaste clan de famille et d'amis, rassemble ses quelques affaires et part vers le sud pour atteindre la gloire et récupérer sa fortune.

La pauvreté et les difficultés rencontrées par nos voisins écossais (je parle en tant que personne née et élevée dans le confort de la campagne du sud de l'Angleterre) pendant de nombreuses générations, ont produit une race dont la survie a dû être combattue, et pour laquelle le travail acharné est le niveau d'effort le plus bas.

Cela dit, lorsque mon père a commencé à travailler dans une usine anglaise, aux côtés de l'ouvrier anglais moyen, il ne lui a fallu que sept ans, je crois, pour passer d'ouvrier à superviseur, à superviseur d'atelier, à superviseur d'usine.

L'autre trait national souvent décrié est celui de l'économie. J.J. était certainement fidèle à son héritage écossais à cet égard.

Il vivait aussi frugalement qu'il était humainement possible. Là où d'autres personnes de son niveau s'achètent des voitures, des vêtements de luxe et des maisons, sans parler des dépenses pour séduire toutes sortes de femmes disponibles, J.J. économise, schème et complote.

Tout le temps à attendre une opportunité ; le chasseur, patiemment assis sur son rocher, contemple l'horizon.

Confiant que, tôt ou tard, sa proie, comme une barre de fer vers un électro-aimant chargé, serait attirée vers lui. Et alors, d'un coup rapide et sûr, elle serait à lui.

Le fait que la Grande-Bretagne soit une nation d'une île, semble avoir un impact important sur l'économie.

Les marées sont parfois si hautes que certaines parties du pays se retrouvent inondées.

À d'autres moments, l'eau se retire si loin que les terres deviennent desséchées comme le désert, et nous connaissons des semaines de sécheresse.

De la même manière, l'économie a la fâcheuse habitude de passer d'un boom à une crise.

C'est-à-dire qu'il y a des périodes de richesse, d'inflation et d'optimisme.

Malheureusement, tôt ou tard, la lune financière s'estompe, et nous nous retrouvons plongés dans la pauvreté, le pessimisme et la déflation.

Au cours d'une de ces périodes d'essor, le propriétaire de l'usine, pensant que l'économie continuerait de croître pendant plusieurs années, a emprunté une énorme somme d'argent pour agrandir son usine et gagner une fortune par la même occasion.

Inutile de dire que le boom a duré juste assez longtemps pour qu'il puisse emprunter et dépenser l'argent avant que l'économie ne stagne à nouveau.

Le laissant avec une dette d'une telle importance que même les intérêts mensuels lui échappaient.

Il n'a eu d'autre choix que de déposer le bilan.

Dix ans de travail et d'épargne avaient vu croître une somme considérable sur le compte bancaire de mon père.

Cela, et une grande confiance dans l'esprit du directeur de sa banque locale quant au sérieux et à la stabilité de mon père.

Il n'a pas fallu longtemps pour que cette banque accepte de reprendre les dettes de l'usine et, au milieu de la trentaine, mon père est devenu l'un des plus jeunes propriétaires d'usine, fait par ses propres mains .

À l'âge de quarante ans, il avait ajouté trois autres usines à son empire grandissant et était en bonne voie de devenir un homme riche.

C'est à cette époque qu'il a commencé à apparaître lors de certains événements caritatifs.

Il semble que ma mère, fidèle à son objectif, avait commencé à assister à des fonctions similaires quelque temps auparavant.

Elle avait sûrement considéré que seuls de riches patrons, n'ayant rien de mieux à faire de leur argent, imagineraient dépenser une petite fortune pour participer à un déjeuner ou un dîner médiocre.

Un repas, à vrai dire, que l'on pourrait prendre à un dixième du prix, et de bien meilleure qualité, dans n'importe quel restaurant décent de la ville.

J.J., même s'il ne recherchait pas spécifiquement une partenaire fortunée, avait plus que probablement décidé que pour trouver une épouse convenable, il devrait fréquenter les localités où les femmes de ce niveau social pouvaient se rassembler.

Comme il était rarement - c'est-à-dire jamais - invité à des bals de société et autres, la solution évidente était de s'inviter à des déjeuners et dîners de charité.

C'est sûrement ma mère qui aurait fait le premier pas. Elle a toujours été le prédateur quand il s'agissait de promotion sociale.

J.J. était bien trop timide en ce qui concerne tout ce qui n'était pas affaires et finances.

D'après ce que j'ai découvert plus tard, la cour a été plutôt courte et sans histoire.

La famille de ma mère était, bien sûr, totalement opposée à ce qu'elle épouse cette *personne*, ce moins que rien, même si par un hasard improbable il était devenu financièrement aisé.

Sa famille était tout aussi antagoniste envers ces snobs franco-anglais.

Pleins d'airs et de grâces, qui n'ont jamais fait un jour de travail décent dans leur « vie entière ».

Cela, bien sûr, n'a pas découragé ma mère le moins du monde.

Elle s'attendait à une certaine résistance de la part de sa famille, et préférait honnêtement que les proches de J.J. aient la bonne grâce de se tenir aussi loin qu'il est humainement possible.

Si elle avait pu reconstruire le mur d'Hadrien juste pour eux, elle n'aurait pas hésité, pas même une seconde.

Ce qu'elle a fait, c'est organiser un mariage typique de la société anglaise, rapporté dans le *Tatler* et organisé par l'acheteur en chef de Liberty. [Un grande magasin de luxe à Londres].

Elle a ensuite fait savoir par divers canaux que le mariage serait bien entendu une affaire intime et limitée à la famille, aux amis proches et aux personnes les plus *intéressantes* de l'année socialement parlant.

Et à partir de là, elle a attendu patiemment que les demandes polies et indirectes arrivent.

Ce fut, comme je l'ai souvent entendu, un succès retentissant.

Et cela, comme rien d'autre, était ce qui était nécessaire pour lancer ma mère, enfin, dans les cercles de la plus haute société.

Mon père, quant à lui, a mis six mois à se remettre financièrement de cette affaire *intime*.

On peut imaginer comment l'installation et la circulation dans ces milieux éminents ont pu conduire, sinon à la ruine financière, du moins à une ponction importante et régulière sur les ressources de la famille.

Ce n'est pas le cas. Ma mère avait également été éduquée avec une compréhension claire de la valeur réelle de l'argent.

Pas bête, elle était bien trop astucieuse pour risquer de tuer la poule aux œufs d'or.

En fait, lorsqu'il n'y avait aucun de ses « gens » pour en être témoin, elle était très prudente avec l'argent.

Elle a convenu avec mon père d'une allocation mensuelle (qui, bien sûr, a augmenté au fil des ans) qui devait couvrir toutes les dépenses du ménage (à l'exception des salaires du personnel) et les besoins de ses enfants. Le reste était pour elle.

Nos vêtements de jour ont été achetés dans des magasins réputés, mais relativement bon marché.

Notre nourriture était commandée au supermarché local et notre argent de poche n'était pas supérieur à celui des autres enfants du même âge vivant dans notre village.

En fait, j'ai appris par la suite que beaucoup ont reçu plus que nous.

Lorsque nous demandions un jouet ou un vêtement spécial, notre mère se plaignait souvent qu'elle n'avait pas assez d'argent de poche ce mois-là.

Nous devrons attendre la prochaine fois, à moins que nous ne voulions utiliser notre argent de poche ou nos économies pour le payer nous-mêmes.

Ce n'est que lorsque j'ai atteint l'adolescence que j'ai réalisé qu'elle pouvait décider, à tout moment, qu'un événement auquel elle était invitée nécessitait une nouvelle tenue.

Et dans ce cas, l'argent était toujours disponible, autant que « nécessaire ».

Maman, bien sûr, ne se considérait pas comme méchante. Au contraire, l'argent ne devait pas être gaspillé (c'est-à-dire pour des choses que moi ou mon frère pouvions souhaiter).

Il fallait l'économiser pour pouvoir l'utiliser pour des choses importantes, comme impressionner les gens.

Mon père ne s'intéressait pas du tout à la manière dont ma mère avait décidé d'utiliser l'argent qu'il lui donnait.

Il ne s'inquiétait que de la propreté de la maison et de la présence d'aliments qu'il aimait et de la denrée écossaise la plus essentielle : le bon whisky.

Car, voyez-vous, mon père aimait boire un verre de temps en temps.

Au fil des ans, ce « de temps en temps » est devenu moins distinct, jusqu'à ce qu'il soit rare de ne pas le voir avec un grand verre de whisky taillé en diamant à la main et l'odeur d'un single malt des Highlands dans sa respiration de plus en plus laborieuse.

Avant ma naissance, mon père avait déjà vendu deux des usines qu'il avait acquises avant de rencontrer ma mère.

Il a ensuite réinvesti les recettes en rachetant deux grandes entreprises de construction concurrentes, qu'il a fusionnées en un seul grand groupe.

Ainsi, il a tactiquement cousu tous les principaux contrats de construction sur trois comtés pour l'avenir prévisible, le tout en une élégante manœuvre.

Cependant, l'entreprise à partir de laquelle il avait créé son mini-empire, New Chapel Engineering, ne sera jamais vendue.

Il est parti de rien pour devenir le propriétaire de cette petite usine.

Il en connaissait chaque recoin, et presque chaque membre du personnel par son nom.

Même s'il ne semblait pas avoir d'amis à proprement parler, il avait l'habitude d'inviter certains de ses managers au bar après le travail la plupart des soirs.

4. James et Jay

L'année précédant ma naissance, le vieux manoir, qui avait appartenu aux comtes de Drayford, a été mis en vente.

On raconte que le dernier de la lignée est mort à vingt-six ans d'une syphilis incurable.

Quand il est arrivé sur le marché, mon père n'a pas hésité à l'acheter.

Pour mes parents, c'était le moyen idéal de démontrer qu'ils étaient revenus à leur juste niveau, celui dont leurs ancêtres étaient tombés.

Dès que ma mère est tombée enceinte de moi, elle a cherché et trouvé un parent français pauvre et éloigné, une sorte de vieille demoiselle, pour venir vivre avec nous.

Elle était officiellement employée en tant que *jeune fille au pair*, bien qu'elle soit tout sauf une jeune fille, plus probablement déjà à la fin de la quarantaine ou au début de la cinquantaine.

Ma mère était convaincue que Marie-Madeleine se comporterait de manière sérieuse et digne de confiance puisqu'elle était un membre de la famille, qu'elle avait été arrachée à une pauvreté abjecte et qu'on lui avait donné un travail décent, une chambre, de la nourriture et de l'argent (bien qu'en fait pas beaucoup plus que de l'argent de poche).

En fait, Marie-Madeleine a fait bien plus ; elle est devenue une mère de facto pour moi, s'occupant de sa fragile charge comme elle l'aurait fait si j'avais été son propre enfant.

Son investissement en moi n'a jamais faibli, même après la naissance de mon petit frère, Jean-Jacques Malcolm Ferguson, ou Jay comme nous l'appelions, de deux ans et trois mois mon cadet.

Il faut dire que mes premières années n'ont pas été désagréables, Marie-Madeleine me *surveillant* constamment et Jay devenant de plus en plus un compagnon de jeu au fil des ans.

Quant à mes parents, je ne les ai vus qu'en passant.

Nous pouvions croiser ma mère (Maman, comme elle préférait) le matin alors que nous nous préparions à sortir quelque part.

" Good morning my dears. Everything all right?" [Bonjour, mes chers. Tout se passe bien ?] [1]

" Yes, Mother. Everything is fine. And how are you, Mother? " [Oui, Maman. Tout va très bien. Et vous, Maman ?]

"Not too bad, although I am very busy. Be good, children." [Ça va, mais je suis très occupée. Soyez-sages, mes enfants.]

---

[1] Dans le texte original en anglais, ses paroles était en français. Nous avons mise en anglais pour marquer cela.

"Yes, mother" [Oui, Maman.]

"Have a nice day." [Passez une bonne journée.]

Comme vous l'aurez remarqué, maman nous parlait en français.

Il est clair que notre acquisition du français comme langue maternelle était intentionnelle.

Et l'importation de Marie-Madeleine, qui ne parlait que le français, faisait partie de ce projet particulier.

Heureusement, la bonne - Alice - la cuisinière, et la femme qui venait deux fois par semaine pour faire le ménage ne parlaient pas français, donc nous avons eu l'occasion d'entendre et de parler un peu d'anglais aussi.

Mais qu'en est-il de nos interactions avec notre père ?

J.J. travaillait souvent très tard pendant la semaine. Il se couchait surtout tard le samedi et le dimanche matin (il avait trop bu de scotch la veille, comme je l'ai appris plus tard).

Le dimanche après-midi, il aimait passer du temps au club de golf du coin (nous en reparlerons plus tard), mais le samedi, il aimait parfois passer du temps dans le jardin lorsqu'il faisait chaud et ensoleillé.

Il positionnait la chaise longue face au soleil et préparait la petite table en métal blanc.

Il avait de jolis pieds en fer forgé et y posait son verre, déjà rempli de whisky et de glace, (une habitude prise en regardant des films américains) , un lourd cendrier, plusieurs gros cigares Havane et son gros briquet.

Alice apparaissait de temps en temps avec la carafe, qu'elle gardait au frais dans le réfrigérateur, et un peu plus de glace.

Pendant des années, Jay et moi avons eu une peur bleue de perturber cette forme particulière de méditation. Jusqu'à ce qu'un jour.

C'était probablement un samedi vers la fin de l'été, ou au début de l'automne.

Je me souviens que les feuilles commençaient tout juste à devenir un peu brunes aux extrémités, et je portais quelque chose avec des manches.

Jay et moi avions terminé notre déjeuner (nous ne mangions jamais avec nos parents, du moins pas avant beaucoup plus tard).

Nous jouions avec de nouveaux avions que nous avions achetés.

(Oui, avec notre propre argent de poche.)

C'étaient des objets bon marché, fragiles, fabriqués en bois balsa léger.

Nous avons lancé nos majestueuses machines volantes avec une sorte de catapulte en plastique.

En prenant soin de ne pas tirer les avions près de notre père, nous les avons dirigés vers les arbres qui bordaient notre pelouse parfaitement entretenue. (Maman ne voulait rien de moins.)

Tout s'est bien passé jusqu'à ce que Jay évalue mal la trajectoire de son avion, qui s'est retrouvé coincé dans une branche de l'un des arbres.

Nous avons d'abord essayé de le déloger en secouant l'arbre, mais le tronc était trop épais et ne bougeait pas.

Après ça, nous avons essayé de lui jeter des pierres depuis l'allée, mais ça n'a pas marché.

Finalement, nous avons décidé que je grimperais dans l'arbre pour le faire descendre.

Atteindre la branche incriminée n'était pas si difficile - il y avait quelques appendices inférieurs utiles que je pouvais utiliser comme marches.

Le problème est survenu plus tard lorsqu'une des manches de ma chemise s'est prise dans certaines petites branches et que je n'ai pas pu la dégager.

Vous voyez, je m'accrochais à la grosse branche d'une main, tandis que l'autre était emmêlée. Donc, je ne pouvais pas utiliser l'une pour démêler l'autre.

Jay m'a regardé me débattre pendant quelques instants, craignant que je ne tombe. Sans oublier que c'était sa faute si j'étais dans l'arbre, il a pris un risque.

Je pouvais le voir de mon point d'observation dans l'arbre.

Il s'est approché raide de la figure prostrée de J.J. dans sa chaise longue et lui a dit quelque chose.

Il a fallu à notre père quelques instants pour se rassembler et retourner dans notre royaume, mais ensuite il était réveillé et Jay pointait dans ma direction.

Jay a failli tomber sous le choc lorsque J.J. s'est levé rapidement et a couru dans la direction opposée à l'arbre.

Pendant un instant, j'ai eu peur qu'il soit parti chercher Maman, et qu'ils reviennent ensemble pour me gronder parce que j'avais grimpé aux arbres sans permission.

Cependant, il n'était parti que pour trouver une échelle, et il est vite revenu avec les moyens de me sauver, moi et l'avion.

Après m'avoir ramené sur la terre ferme, il a pris un moment pour examiner le projectile.

« C'est pas bon. » Il a secoué la tête. « Le nez a besoin de plus de poids. Jacky, va dans le bureau, et apporte-nous les plus gros trombones que tu peux trouver. »

Jay, n'osant pas demander pourquoi, s'est rapidement enfui comme on lui avait demandé.

J.J. faisait les cent pas. Il avait l'air assez irrité, à tel point que je n'ai pas osé dire quoi que ce soit.

Il était sûrement contrarié que Jay l'ait réveillé de sa sieste de l'après-midi. Mais pourquoi avait-il envoyé mon petit frère chercher des trombones ?

Jay, essoufflé, est revenu sur les lieux.

« Tenez, donnez-les-moi. » Il choisit les deux pinces les plus lourdes et les fit glisser sur le nez de l'avion en bois ultraléger.

« Ça devrait le faire. Maintenant, où est la catapulte ? »

Mon lanceur d'avion était caché dans ma poche arrière, mais j'étais trop surpris pour penser à le sortir.

Je pense que Jay avait laissé tomber le sien quelque part dans l'herbe après que l'avion soit resté coincé.

J.J. commençait à s'agacer, frustré de ne pas s'être vu remettre immédiatement l'objet en question.

Heureusement, Jay - qui avait, il est vrai, plus de présence d'esprit que moi sur le moment - s'est glissé derrière moi comme un Artful Dodger.

Pour réapparaître quelques secondes plus tard sans que je sente quoi que ce soit, et avec la fronde dans sa main.

« Super ! » dit J.J. avec joie. Puis il a accroché l'élastique vert dans le triangle découpé dans le cou de l'avion, l'a tiré brusquement vers l'arrière et l'a envoyé voler.

Il a volé, et volé, et volé. C'était incroyable.

J.J. était aussi heureux que nous de la mise à niveau, que nous avons également testée dans mon avion.

Cependant, au bout d'une dizaine de minutes, il a commencé à se lasser de ce sport et est retourné à sa chaise longue.

Ce qui est étrange, c'est qu'il était en train de nous raconter une histoire longue et compliquée sur le fait qu'il avait un avion jouet presque identique, gratuit, dans un exemplaire anniversaire du *Dandy* ou du *Beano*[2], alors nous l'avons suivi jusqu'à son siège.

Et, tout naturellement, nous nous sommes assis à côté de lui sur l'herbe.

Alice, qui était sortie pour voir s'il était prêt à faire remplir son verre, nous avait vus et était retournée dans la cuisine.

Et l'instant d'après, elle était apparue avec non seulement du whisky et de la glace, mais aussi deux verres de limonade bien fraîche.

À partir de ce moment-là, les « histoires et le soda » du samedi après-midi sont devenus une sorte de rituel.

---

[2] Bande dessinée 'classique', Britanique

5. Histoires de mon père

Pour vous donner une idée des histoires qu'il partageait avec nous, en voici quelques exemples.

Comme je ne me souviens pas exactement de ce qu'il a répété, dans son style long, décousu et coloré, je vais simplement les raconter du mieux que je peux, et avec mes propres mots.

Le dimanche après-midi, papa partait jouer au golf sur le terrain local, un acte qui lui procurait beaucoup de plaisir et de fierté.

Cependant, son association avec le club n'a pas toujours été aussi harmonieuse.

En vérité, sa relation avec lui avait commencé d'une manière plutôt problématique...

Lorsque mon père s'est installé à New Chapel, en tant que modeste ouvrier d'usine, il n'avait pas grand-chose à faire le week-end.

Il ne connaissait personne, et ne se donnait pas le droit de sortir boire régulièrement.

Il avait déjà décidé qu'il allait économiser pour sa « bonne affaire » (même si, à l'époque, il n'avait absolument aucune idée de ce que cela pouvait être).

Certaines personnes ne savent peut-être pas que le golf est le sport national non officiel de l'Écosse, et dans de nombreuses régions du pays, il existait la possibilité, même pour les personnes aux revenus assez misérables, de s'y familiariser.

Mon père était l'une de ces personnes ; en fait, il était plutôt doué pour ce jeu. Grâce à son œil attentif et à sa persévérance, il a rapidement remporté de petits tournois locaux.

Il n'est donc pas étonnant que son club ait commencé à le pousser à participer à des compétitions plus prestigieuses.

Malheureusement, les frais d'entrée étaient au-dessus des modestes moyens de mon père, et les prix étincelants étaient à jamais hors de sa portée.

Lorsqu'il a pris connaissance de notre petit club local, il s'est renseigné sur le coût de l'adhésion.

Et comme il s'agissait d'un « petit club local », les frais d'adhésion et les droits d'entrée étaient dans les limites d'un budget qu'il a décidé de pouvoir se permettre.

Ce qu'il n'avait pas pris en compte, c'est qu'en Angleterre, comme dans de nombreuses autres régions du monde, rejoindre un club de golf ou de tennis signifiait rejoindre l'élite de cette société.

J.J. ne faisait certainement pas partie de l'élite d'une quelconque société, et sa demande a été rejetée immédiatement et sans ménagement.

Après son coup d'état, et son achat de l'usine, sa candidature est soudainement redécouverte et une invitation est immédiatement lancée.

La réponse de mon père, dont j'ai compris plus tard qu'elle faisait partie intégrante de son caractère, a été d'accepter gracieusement.

Toutefois, cette décision n'a été prise qu'à la condition expresse que chacun des membres du comité de candidature soit exclu du club - à vie.

Pour commencer, le club a refusé cet accord.

Ce n'est que lorsqu'il a suggéré que certaines personnes de son personnel qui étaient membres, la famille de membres ou de bons amis de membres pourraient voir leur emploi devenir superflu pour le fonctionnement de l'usine, que le club a cédé à contrecœur à sa demande.

Mon père avait un caractère assez dur, surtout quand sa fierté était mise en jeu.

Une histoire qui illustre parfaitement cela est la fois où Maman a décidé que nous devrions avoir un majordome.

Après une recherche minutieuse et de nombreuses vérifications de références, elle a trouvé l'employé de ses rêves.

James Goodridge se présentait comme un parfait gentleman : posture droite, belle parole et toujours impeccablement habillé.

Tout le contraire de la tenue trop décontractée de mon père, de son langage grossier et de sa démarche traînante.

Un samedi après-midi, peu de temps après qu'ils aient emménagé dans cette maison, mon père avait été irrité par l'état de l'allée.

Il attendait un invité qu'il n'avait jamais rencontré auparavant et, comme il n'y avait personne d'autre pour le nettoyer, il a pris un balai et a commencé à le faire lui-même.

Ce n'était pas une situation inhabituelle, car il n'hésitait pas à faire n'importe quelle tâche subalterne s'il estimait que les circonstances le justifiaient.

Cette circonstance étant : il a décidé que cela devait être fait, et devait être fait maintenant, et à ce moment précis, il n'y avait personne d'autre pour le faire.

Il peut s'agir de passer l'aspirateur sur les tapis de l'escalier à deux heures du matin si le chien a eu l'audace de traîner ses pattes boueuses dans la maison après le départ du personnel pour la nuit.

Ou le nettoyage d'un miroir qu'il avait remarqué en passant et qui portait une marque.

(Heureusement, il avait toujours un mouchoir propre dans sa poche).

Ou, dans ce cas précis, s'il y avait eu un fort vent dans la nuit, et que les arbres avaient, à sa grande consternation, laissé tomber leurs feuilles, créant ainsi un désordre sur sa belle allée de galets blancs récemment rafraîchie.

Malheureusement, par hasard, deux autres événements ont coïncidé avec son opération de nettoyage.

D'abord, le majordome est sorti sur la terrasse pour faire une pause et fumer une cigarette.

Au même moment, une voiture est arrivée et un jeune homme en est sorti - l'invité de mon père.

Je peux facilement imaginer la scène. (J'ai entendu cette histoire plus d'une fois, et je connais, de première main, de nombreux détails.)

Un après-midi d'automne lumineux, un peu tard dans la journée.

Une pile saine de feuilles brunes et croustillantes validant fièrement les récents efforts de J.J.

Mon père est habillé dans sa tenue habituelle du week-end - une vieille chemise à carreaux délavée, un pantalon en velours côtelé marron clair également délavé, des brogues marron usées aux pieds.

Le tout coiffé (littéralement) d'un béret assorti, marron clair, plat et en velours côtelé.

Maintenant, appuyé sur son balai de sorcière, il essuie son front en sueur avec un mouchoir parfaitement propre, mais vieux et décoloré.

L'invité, habillé de manière décontractée mais élégante - (je crois qu'il portait un de ces blazers bleus style yacht) - sort de la voiture.

Le majordome, élégamment vêtu d'une chemise blanche et d'un costume sombre, est appuyé sur un poteau, perdu dans son monde de nicotinomane, fumant sa cigarette comme s'il sirotait un verre de Moët & Chandon.

J.J. appuie la brosse contre un arbre et s'avance pour accueillir son invité, tout en frottant ses mains moites de haut en bas sur les côtés de son vieux pantalon usé.

L'homme jette un regard à mon père, puis au majordome, et dit poliment : « Veuillez informer M. Ferguson que M. Foster est arrivé. »

J.J. s'arrête un instant avant de réaliser exactement ce que M. Foster est en train de dire.

Il se tourne alors vers le jeune homme souriant et lui répond d'une voix très calme :

« S'il vous plaît, informez Mr Foster que Mr Ferguson veut qu'il quitte sa propriété dans les trente prochaines secondes et qu'il ne doit plus jamais contacter Mr Ferguson ! ».

Ce pauvre homme déconcerté semble avoir perdu toute maîtrise de la langue anglaise.

Il y a un long silence, comme si quelqu'un avait accidentellement appuyé sur le bouton pause de la vie.

Puis, comme au ralenti, il regarde à nouveau vers le majordome ...

Qui, ayant terminé sa cigarette, revient à notre dimension, redresse sa veste, et après avoir salué poliment mon père et son invité, retourne à l'intérieur de la maison.

... et ensuite à mon père.

Il ne faut que quelques secondes de plus pour que le penny tombe.

« Oh, Mr Ferguson, je suis terriblement désolée. J'espère vraiment que vous pourrez pardonner ma stupide erreur. »

J.J. prend son temps. Il sourit gentiment au jeune homme en sueur et sans sourire qui se tient devant lui.

Toute la confiance calme et calculée a disparu de l'homme.

Le sourire de mon père est celui d'un chat gros et paresseux qui tient une souris misérable et tortillante par sa queue frétillante dans une prise impitoyable et inflexible de ses pattes avant.

« M. Foster, il vous reste dix secondes avant que j'appelle la police. »

Et puis, sans un autre regard, sans un autre mot, la tête haute, il se retourne et entre dans sa maison.

Dans sa magnifique maison de maître, classée, aristocratique.

Bien sûr, on n'a plus jamais vu ni entendu parler de M. Foster. Quant au majordome totalement innocent, il a fait ses bagages et est parti avant la fin de l'après-midi.

Cette histoire a été répétée non seulement lors de nos rencontres habituelles du samedi après-midi, mais aussi de temps en temps à la table du dîner.

Mon père, semblait-il, prenait un certain plaisir à révéler à quel point il était capable d'être réactif et déraisonnable.

6. Le dîner est servi

À quel moment, pourrait-on se demander, mes parents, qui semblaient douloureusement absents à tous les repas, partageraient-ils leur table à manger avec moi ?

En fait, dès l'âge de sept ans, j'étais censé prendre le repas du vendredi soir avec mes parents deux fois par mois.

Cependant, en réalité, j'étais plus souvent seule avec Maman, car J.J. était régulièrement « retenu » ailleurs.

La raison de cette proximité improbable avec ma mère était, étrangement, due à une fête d'anniversaire.

Une fête d'anniversaire à laquelle j'avais été invité par une fille parce qu'elle était la fille d'un des amis de Maman.

Au cours des festivités, ma mère avait jeté un coup d'œil à la table des enfants pendant le déjeuner et avait été *totalement humiliée* (selon ses propres termes, bien sûr) par mon manque total de manières à table.

Elle avait donc décidé de prendre les choses en main immédiatement et d'installer le repas familial bimensuel.

J'étais censé être incroyablement reconnaissant de l'offre généreuse de mes parents de manger avec eux.

En vérité, c'était la plus horrible des tortures pour moi, même après que Jay soit devenu assez grand pour participer.

Maman et sa sœur avaient mangé régulièrement avec leurs parents depuis leur plus jeune âge et avaient acquis leur étiquette de table tout naturellement.

Moi, par contre, j'étais arrivé à l'âge avancé de sept ans sans avoir jamais eu à me soucier de la façon dont on transportait sa nourriture du bol ou de l'assiette à la bouche.

Tant qu'elle arrivait à destination sans perdre une partie de sa cargaison sur la table, ses vêtements ou son visage, c'était suffisant pour moi et pour Marie-Madeleine.

Le fait d'être confronté à la complexité du comportement social correct à adopter lors d'un repas « à la maman » a été un choc, c'est le moins que l'on puisse dire.

J'ai dû apprendre comment m'asseoir et où placer mes bras (ils doivent reposer sur le bord de la table, avec les deux tiers de l'avant-bras visibles).

Quels couteaux, fourchettes et cuillères utiliser, comment tenir le service, comment découper la nourriture et la mettre en bouche.

La quantité et la durée de la mastication, ainsi que la manière correcte d'avaler le produit parfaitement haché et baratté.

Tout en participant à une conversation générale polie et intéressante.

Puis il y a eu le choc d'entendre ma mère me demander ce que j'avais fait au cours des semaines précédentes, comment se déroulait ma carrière scolaire et comment se développait ma vie sociale.

C'était suffisant pour que je me demande si elle avait été enlevée par des extraterrestres et remplacée par un androïde ou un clone programmé.

Ce n'est que lorsque j'ai réalisé qu'elle ne s'intéressait absolument pas à mes réponses que j'ai été réconforté. C'était vraiment elle.

Mon père, lorsqu'il réussissait à arriver avant la fin du repas (ou lorsqu'il arrivait tout court), adoucissait grandement l'expérience, même s'il était souvent déjà ivre.

C'est au cours de ces repas partagés, même longtemps après que nos « histoires et sodas » du samedi après-midi aient cessé, que j'ai continué à glaner les bribes de leurs histoires... des histoires que j'ai partagées, ou que je partagerai, dans ce document.

Plus tard, j'ai découvert que ces repas familiaux du soir étaient souvent les seuls moments où notre père arrivait à la maison assez tôt pour manger avec ma mère.

« Eh bien, bonjour, mon gars. Quel plaisir de vous voir vous joindre à nous pour le souper. »

Il se lançait alors dans une longue histoire décousue à l'authenticité douteuse.

Maman, qui avait un nez légèrement en forme de bec et des yeux noirs perçants placés très près les uns des autres, semblait se métamorphoser en une sorte de créature prédatrice ressemblant à un aigle.

Tout au long du repas, peu importe où elle semblait regarder, ses yeux de fouine ne m'ont jamais quitté.

"Pierre-Alain, please sit correctly" [Pierre-Alain, asseyez-vous correctement, s'il vous plaît.]

Ce n'est que des années plus tard que je me suis rendu compte à quel point il était bizarre que Maman s'adresse à nous en utilisant le *vous*.

Cette forme de conjugaison de verbe est utilisée pour montrer le respect, la distance sociale, ou pour se référer à plusieurs personnes à la fois.

C'était également difficile pour J.J. qui, manquant également d'une éducation sociale correcte, n'était pas beaucoup mieux élevé que moi.

Il devait souvent se contrôler pour ne pas contredire les instructions de ma mère.

En fait, il n'était pas rare qu'il soit en train de démontrer, de manière tout à fait magnifique, exactement ce qu'elle me reprochait.

C'est au cours d'un de ces dîners de famille qu'un événement très étrange s'est produit : j'ai eu une conversation avec ma mère et, miracle des miracles, nous sommes tombés d'accord sur quelque chose.

"Pierre-Alain, I think that it is about time that you learned to ride a horse. " [Pierre-Alain, je trouve qu'il est temps que tu apprennes à monter à cheval.]

« Quoi ? » J.J. venait d'entrer dans la pièce, et bien qu'au fil des années il ait étudié le français, il devait encore se concentrer pour suivre ce qui se disait.

« Pierre-Alain a largement l'âge de commencer les cours d'équitation. Jean-Jacques aussi. »

« De vrais chevaux ? »

"Of course, real horses" [Oui, bien sûr, de vrais chevaux.]

"*Like a knight* ? " [Comme un chevalier ?]

"*We most certainly have had knights in our family, it's in our blood.* " [Nous avons sûrement eu des chevaliers dans notre famille. C'est dans notre sang.]

« Qu'est-ce qu'il y a dans son sang ? Doit-on l'envoyer chez le médecin ? »

« J.J., essaie de suivre la conversation, s'il te plaît. » Elle s'est retournée, légèrement irritée.

« Je disais que l'équitation est dans son sang. Nous avons sûrement eu de nobles chevaliers, avec des aventures extraordinaires dans le passé. »

« Je me souviens de quelques aventures extraordinaires dans mon propre passé » a-t-il marmonné, en me faisant un clin d'œil narquois.

Le regard désapprobateur de Maman a clairement indiqué au jury qu'il ne devait pas tenir compte de cette dernière remarque et oublier qu'il l'avait entendue.

Après environ un an de cet arrangement, Jay, bien qu'il n'ait pas encore six ans, a également été inclus dans ces repas de motivation.

Jay, en plus d'être le « Benjamin » et donc, de mon point de vue, un peu gâté par mes parents (ils semblaient moins exigeants avec lui), avait un avantage énorme sur moi.

Non seulement il avait deux ans de plus pour apprendre à faire les choses correctement, mais il pouvait aussi se glisser dans mon sillage et me copier.

Et il en fut ainsi pour les repas ; dès le premier moment, il a totalement ignoré nos parents.

Fixant ses grands yeux bruns sur moi, il a fidèlement copié chaque mouvement, chaque geste, chaque coupe, chaque mastication, chaque déglutition.

Maman était incroyablement heureuse. " ***How
well behaved you are; what politeness.** "
[Comme vous êtes sage ; très bien, quelle
politesse.]

Je ne détestais pas Jay, pas avant. En fait, à
cette époque, même si j'étais un peu jaloux de
lui, nous étions les meilleurs amis du monde.

7. Les jours les plus brillants, les nuits les plus noires

Pour dire la vérité, si nous n'avions pas partagé une chambre jusqu'à ce que je sois un peu plus âgé, je ne sais pas comment j'aurais survécu.

Vous voyez, dès mon plus jeune âge, j'ai été en proie à des cauchemars.

Plusieurs thèmes se répètent, chacun avec de légères variations ...

La première impliquait le départ de mes parents pour un endroit, un bel endroit.

Ils emmenaient Jay avec eux, mais je devais toujours faire ou finir quelque chose, ou bien je ne trouvais pas quelque chose.

Puis je paniquais, croyant qu'ils allaient partir sans moi, et je courais après eux pour les rattraper.

La maison, qui était un manoir, avait deux lions en pierre de chaque côté de la porte d'entrée. C'est à cause de ces terribles adversaires que je n'ai jamais rattrapé les autres.

Les lions me lançaient des filets, me donnaient des décharges électriques, me faisaient trébucher, me sautaient dessus. Une fois, ils ont créé un champ de force impénétrable.

Même si je réussissais à passer, il était toujours trop tard ; les autres étaient partis, et je restais seul.

Un deuxième cauchemar consistait à être suivi par quelqu'un ou quelque chose ; je courais dans la cuisine, me cachais sous la table et me forçais à m'endormir pour que l'être ne puisse pas m'atteindre.

Le dernier cauchemar - sans grande surprise ici - était le dîner familial.

J'essayais de manger correctement, mais quelque chose allait toujours de travers. Un verre ou une tasse renversait du liquide chaque fois que j'essayais de boire quelque chose, ou j'oubliais comment parler français.

Ou bien les couteaux et les fourchettes se multipliaient et prenaient des formes impossibles, si bien qu'il était impossible de manger avec.

Toujours, toujours, Jay était parfait. Maman lui souriait mais soupirait quand elle remarquait mon incapacité à me comporter correctement.

Pendant des années, je suis allé dans la chambre de Marie-Madeleine et je me suis mis dans son lit. Puis je me rendormais.

Je ne sais pas à quel moment Maman a pris conscience de cet arrangement, mais elle a insisté pour que cela cesse immédiatement.

Une fois, j'ai essayé d'entrer dans la chambre de Maman, à la place, mais elle était fermée de l'intérieur. J'ai essayé de frapper, mais en vain, alors je me suis recroquevillé et j'ai attendu et attendu. Elle n'est pas sortie.

J'ai dû m'endormir parce que, soudain, J.J. s'est penché sur moi.

« Qu'est-ce que tu fais ici, mon gars ? »

« J'ai fait un cauchemar. J'avais peur. »

« Tu n'entreras pas là-dedans. Viens - tu peux dormir avec moi. »

J'ai été choqué et surpris par l'offre, mais j'ai tout de même accepté.

Il était clair qu'il était vraiment très ivre.

Le scotch qu'il respirait était écrasant et il empestait la sueur et les cigares.

« Tu es toujours le bienvenu chez moi. » Il se débarrassa de ses vêtements et se laissa tomber sur le lit, ronflant déjà.

J'ai pensé à le rejoindre - son lit était largement assez grand - mais il me révoltait, alors je suis parti.

Le cauchemar me semblait maintenant si long et si lointain que je ne sentais plus que le froid et une grande fatigue, alors je suis retourné tranquillement dans mon propre lit et je me suis rendormi.

La fois suivante où j'ai fait un cauchemar, je ne savais pas quoi faire, alors je me suis assis et j'ai appelé Marie-Madeleine.

Je n'ai pas eu à appeler longtemps.

Comme une mère entend son bébé pleurer, même de loin, Marie-Madeleine m'a entendue et elle est venue s'occuper de moi.

Elle m'a remis dans mon lit, m'a caressé les cheveux et m'a chanté « Fais dodo, Colas, mon p'tit frère » jusqu'à ce que je me rendorme.

Cela ne s'est produit que quelques fois avant que ma mère ne l'apprenne et ne décide de prendre des mesures radicales.

Après que Jay et moi ayons été au lit, elle a verrouillé notre porte pour que je ne puisse pas appeler Marie-Madeleine à moi.

"*You are a big boy now. You do not need her anymore* ", m'a-t-elle dit en fermant la porte. [Vous êtes un grand garçon maintenant. Vous n'avez plus besoin d'elle].

Je me suis réveillé dans la nuit, non pas à cause d'un cauchemar mais parce que j'avais besoin d'aller aux toilettes.

Maman n'avait pas pensé à cette éventualité et le temps que je réussisse à faire ouvrir la porte à quelqu'un, j'étais déjà trempé.

Je ne sais pas si la réaction de ma mère était raisonnable ou non.

Cependant, le fait de me voir debout dans une flaque de ma propre urine l'a fait se sentir tellement coupable que la seule façon pour elle de faire face à la situation était de faire quelque chose d'extrême.

Elle a en quelque sorte rejeté la faute sur Marie-Madeleine et a insisté pour qu'elle quitte la maison immédiatement.

Ainsi, je me suis réfugié dans le lit de Jay lorsque les horreurs nocturnes sont apparues. Je suis sûre qu'il a dû le remarquer, mais il n'en a jamais, jamais parlé.

8. Quatre enterrements, mais pas de mariage

Comme vous l'avez déjà entendu, mes parents venaient de milieux particulièrement différents. Et pourtant, il y avait certaines similitudes inhabituelles qui leur étaient communes.

L'une d'elles est qu'ils ont très peu de contacts avec leur propre famille.

Maman avait eu une relation assez riche avec son père, tandis que sa sœur, Geneviève, était plutôt la préférée de sa mère.

C'est pourquoi, après la mort de ce dernier, incapable de rompre l'étroite alliance entre la mère et la sœur aînée, elle n'a plus pris la peine de contacter le parent restant.

Quant à sa relation avec sa sœur plus âgée et universellement considérée comme plus performante, elle n'a jamais été aussi investie.

Les sœurs ont été séparées dès leur plus jeune âge, chacune étant pensionnaire dans une école privée différente, nouant des amitiés différentes et cultivant des intérêts différents.

Le fait que ma mère ait toujours été jalouse de sa sœur très performante était une évidence, même si elle ne l'a jamais reconnu ouvertement.

Cependant, j'ai découvert plus tard que le sentiment de jalousie avait fonctionné dans les deux sens.

Geneviève, semblait-il, s'était souvent sentie douloureusement exclue de la relation intense, stimulante et amusante entre sa sœur et son père.

Et bien que Maman ne l'aurait jamais admis, il y avait de fortes similitudes entre la façon dont son père et son mari abordaient la vie. C'est à dire, la tête haute.

Elle n'a jamais parlé de tantes, d'oncles ou de cousins. Par conséquent, on ne pouvait qu'imaginer que même s'ils existaient, il n'y avait pas de liens forts entre eux.

En résumé, après la mort de son père bien-aimé, ma mère a pratiquement coupé tout contact avec ce qui restait de sa famille.

Pour ce qui est de mon père, les choses étaient, au mieux, plus compliquées.

Il venait d'une famille catholique nombreuse, turbulente et très unie. Ils travaillaient dur, jouaient dur, buvaient beaucoup et essayaient de ne pas se faire prendre pour les petites indiscrétions légales qu'ils pouvaient commettre.

Depuis son plus jeune âge, J.J. s'est senti comme un coucou dans leur nid.

Étant le plus jeune de la fratrie, il avait été confié à sa grand-mère maternelle dès sa naissance.

Molly Mary Stewart, une petite femme aux cheveux blancs, avait quitté l'Inverness après la mort de son mari.

C'est sûr les genoux de sa grand-mère, un biberon de formule dans la bouche, qu'il a été imprégné de la connaissance et de la responsabilité venant avec son noble héritage.

Il est clair dès le départ que cet endoctrinement de l'Église d'Écosse et de l'aristocratie ne s'accordera pas avec l'attitude désinvolte et de petit voyou de sa famille immédiate.

Pourtant, lorsqu'il en a eu l'âge, il est allé se faire " malkied ", [ivre mort] la plupart des week-ends dans les pubs et les clubs locaux, et a eu sa part de rencontres sexuelles sans importance.

Il a cependant évité les gangs qui pullulaient dans les supermarchés locaux avec la seule intention de faire la "on the chore" pour voir combien ils pouvaient voler.

Cela s'étendait à son propre père et à ses frères, qui n'étaient pas totalement opposés à l'idée d'aider leurs amis à vendre des marchandises qui étaient malheureusement tombées de l'arrière d'un camion.

Mais c'est au moment de l'enterrement de son père, qui a eu lieu juste après qu'il ait repris l'usine, que la rupture se produit.

Il avait conduit toute la nuit jusqu'à Glasgow et s'était inscrit à l'hôtel Malmaison sur West George Street.

Après toutes ces années de vie prudente, il avait choisi de s'offrir un avant-goût de luxe.

Il y avait été invité une fois - il pensait que c'était un cadeau d'anniversaire - par sa grand-mère pour prendre le "afternoon tea", [le quatre heure] avec elle.

Il en profitait pour réaliser un vieux fantasme, celui de séjourner dans ce même hôtel.

Il est arrivé à la vieille église de pierre en taxi, vêtu d'un costume noir neuf et formel, ne s'attendant guère à être insulté et ridiculisé par ses propres frères.

C'est une approximation de la conversation qu'il a eue. Je n'ai jamais été capable de trouver avec lequel de ses frères il parlait.

En fait, je n'ai jamais été capable d'énumérer les noms de ses frères et sœurs. Et, si je suis honnête, je ne sais pas non plus combien il en avait.

« Oh mi Dieu, le "Sassenach". Qu'est-ce que tu fais ici ? »

« Je ne suis pas un Sassenach. Je suis le même que vous. »

« Bien sûr, tu es toujours le même "Weegie" de Glasgow que tu as toujours été. Mais attends, tu n'as jamais été un Weegie de Glasgow. Tu as toujours été un "Fantoosh Teuchter" d'Inverness. »

Il semble qu'il ait traité son frère de *"Glasgow keelie"*, ce qui signifie quelque chose comme un voyou ou un petit escroc.

Après avoir proposé de contribuer à l'argent de la sépulture (l'argent mis de côté pour les funérailles), et avoir essuyé un refus agressif, il a embrassé sa mère sur le front, s'est retourné et est parti.

Et ce fut le dernier contact qu'il eut avec un membre de sa famille.

Jusqu'à ce qu'une de ses sœurs le retrouve et l'informe de la mort de sa mère.

Pour garder les choses en ordre, je devrais d'abord m'occuper de la mort de ma grand-mère maternelle.

La mère de ma mère est décédée quelques années avant celle de mon père. Je ne parlerai donc de l'enterrement de sa mère que plus tard dans mon récit.

La journée était déjà claire et assez chaude, pas mal pour la fin février. C'était seulement deux semaines avant mon anniversaire.

Bien plus que ce que l'on pouvait dire de l'atmosphère dans la 'jag' [voiture Jaguar] de mon Père.

Je devais avoir cinq ou six ans - je pourrais chercher mais ça n'en vaut pas la peine.

À l'intérieur du véhicule rembourré, on pouvait geler des glaces à l'eau. (Je ne me souviens pas où j'ai trouvé cette phrase.)

Je n'ai jamais su s'il s'agissait d'une forme de tristesse due au décès de sa mère, ou du simple fait que Maman serait obligée de passer du temps avec sa sœur et d'être polie avec elle.

Ce n'était pas un long trajet. Je suppose que nous ne vivions pas si loin géographiquement de ma grand-mère maternelle ; la distance était sûrement surtout sur le registre émotionnel.

Jay a dormi pendant tout le trajet. Il avait une sorte de système interne qui faisait que dès qu'il montait dans une voiture, il s'allongeait et s'endormait.

Et n'oublions pas qu'à l'époque, les ceintures de sécurité arrière n'existaient pas.

Bien sûr, je m'ennuyais, mais ce n'était pas si long, et très vite, nous sommes arrivés devant une très jolie petite église normande.

Ayant entendu dire que Maman aimait beaucoup les événements sociaux, je suppose que je m'attendais à ce qu'il y ait beaucoup de monde.

Mais ce n'était pas le cas.

Pour commencer, nous étions complètement seuls dans l'église. Le cercueil était ouvert et placé près de l'autel.

Notre mère, habillée tout en noir selon les coutumes pour l'occasion, s'est avancée raide jusqu'à la boîte en bois ornée.

J'ai regardé, fasciné. Je n'avais jamais été confronté à la mort auparavant et j'étais intrigué de voir comment quelqu'un allait réagir.

L'église était totalement silencieuse. Les rangées et les rangées de bancs en bois pâle semblaient se tenir solennellement au garde-à-vous.

Le lent *clic-clic-clic* de ses escarpins noirs vernis résonnait sur les carreaux de pierre polie.

Finalement, elle est arrivée et a inspecté le cadavre.

Il n'y a pas d'autre terme que je puisse utiliser - c'était comme si elle vérifiait que des couverts de table avait été correctement polie avant un dîner important.

Aucune émotion ne transparaissait, ni dans son attitude ni sur son visage.

Après quelques instants, elle a fait un léger signe de tête. L'inspection terminée, elle a *cliqué-cliqué-cliqué* pour retourner à notre siège.

Le prêtre, qui était resté respectueusement et discrètement caché, s'est dirigé vers le pupitre en bois, la soutane flottant doucement avec son mouvement.

« Merci d'être venu… »

Tante Geneviève n'était-elle pas censée être là elle aussi ? Je me suis retourné et j'ai constaté qu'elle était entrée encore plus discrètement que le prêtre.

Peut-être était-ce dû à sa silhouette ronde et à sa chevelure sauvage, ou à autre chose, mais bien qu'elle soit également vêtue de noir, on aurait dit qu'elle s'était habillée pour faire un saut dans les magasins et acheter une miche de pain.

Cependant, elle avait un accessoire qui allait certainement choquer et surprendre Maman - l'homme qui se tenait à côté d'elle.

Pour commencer, il était noir. Et pour autre chose, il était clairement beaucoup, beaucoup plus jeune qu'elle.

Honnêtement, je ne me souviens plus de rien de ce que le prêtre a dit, tant j'étais pris par mes propres pensées.

Les porteurs de cercueils sont apparus au bon moment. Ils ont tranquillement et soigneusement fermé le couvercle et porté le cercueil dans la cour de l'église.

Nous avons suivi à une petite distance, les deux sœurs et leurs escortes masculines restant assez éloignées.

Le temps était agréable ; il y avait une brise légère et le soleil était au rendez-vous, avec juste quelques nuages dans le ciel.

Il a dit encore quelques mots sans importance et la grand-mère que je n'ai aucun souvenir d'avoir jamais rencontrée a été descendue dans la parcelle familiale ouverte.

Nous avons ensuite continué vers sa maison.

C'était tout près de l'église. Nous aurions marché dans un silence respectueux, mais Jay a commencé à se plaindre qu'il avait besoin de faire pipi.

Pour éviter tout risque d'incident embarrassant, J.J. disparu avec lui derrière quelques arbres et le drame fût évité.

Grand-mère Armatage avait vécu dans une maison minuscule - pas beaucoup plus grande que celles des ouvriers de l'usine.

Cependant, c'était très beau, comme une de ces cartes postales que les Américains envoient pour se montrer les uns aux autres comment vivent les Anglais.

Vous savez, le long de cette longue route qui traverse tout le Royaume-Uni, du mur d'Hadrien au palais de Buckingham, sur laquelle nous vivons tous.

Elle était très ancienne, faite de solides pierres locales. Des vignes et des roses grimpaient sur tous les murs.

A l'intérieur, on se serait cru dans une série historique en costumes.

Il y avait du papier peint avec des petites fleurs, des chaises et des canapés décorés avec des coussins brodés.

Et il y avait des tables basses en bois marqueté avec de drôles de pieds tordus... des tas et des tas de choses de ce genre.

Une vieille femme de chambre nous a ouvert la porte. Ses yeux étaient rouges et gonflés.

Enfin quelqu'un s'étant suffisamment soucié de la défunte pour verser une larme à son décès.

Il y avait du thé pour tout le monde ; quelqu'un avait pensé à commander des sandwiches et des gâteaux.

Les tasses et les assiettes étaient sûrement faites d'une porcelaine ancienne et coûteuse.

On nous a offert, à nous les garçons, de vieux mugs qui devaient être conservés pour les artisans qui venaient faire des travaux dans la maison.

Ça et deux assiettes dépareillées qui avaient sûrement été excavées d'un recoin sombre et profond.

Jay et moi, qui avions pris un petit déjeuner précoce et rien depuis, avons observé attentivement jusqu'à ce que notre père fasse un léger signe de tête dans la direction de la nourriture, et nous avons plongé.

Du coin de l'œil, j'ai vu Maman faire comme si elle voulait intervenir, mais Tante Geneviève était trop rapide pour elle.

« Le rosbif a l'air très bon. J'en prendrais bien deux, mais n'oubliez pas de laisser de la place pour les gâteaux. Ils viennent de la boulangerie préférée de ta grand-mère. »

Notre mère a jeté un regard méprisant à son aînée, mais après cela, elle n'a pas pu nous empêcher de manger ce qui nous faisait envie.

On sonne à la porte. Un homme grand, mince, à l'allure de vieux militaire, aux cheveux et à la moustache gris argenté, fut introduit. C'était l'avocat.

Ils lui ont offert du thé et des sandwiches. Il a gracieusement accepté le premier mais a refusé les seconds.

Après avoir pris quelques instants pour siroter son thé chaud, il a soigneusement posé sa tasse sur le sous-verre en carreaux orientaux et a pris sa vieille mallette cabossée.

Avant de l'ouvrir, il l'a caressé distraitement pendant quelques instants. C'était comme s'il conversait avec elle et son contenu secret.

Et puis c'était l'heure de la lecture du testament.

Jay et moi commencions à nous ennuyer, mais tante Geneviève nous a trouvé de très vieilles bandes dessinées.

L'une d'elle racontait l'histoire de Laurel et Hardy sauvant quelqu'un. Pour les récompenser, ils ont été emmenés dans un restaurant chic et ont eu une énorme assiette de saucisses et de purée de pomme de terre. Dans un restaurant chic ?

L'avocat parlait de toutes sortes de choses ennuyeuses, et je pouvais dire sans prendre la peine de regarder que tout le monde attendait qu'il ait fini.

Enfin, jusqu'à ce que le sujet des bijoux soit abordé.

Je n'ai pas compris grand-chose à l'époque, mais j'ai depuis perçu tous les détails.

Les bijoux, comme je l'ai mentionné dès le début, si vous avez été attentifs, ne pouvaient être ni donnés ni vendus.

Ils étaient détenus en fiducie permanente. Chaque femme de la famille pouvait les garder en fiducie, mais seulement si elle avait un parent de sexe féminin dans sa lignée à qui les transmettre.

S'il n'y avait pas de parent à hériter, à l'âge de soixante ans, la femme la plus âgée de la famille récupérait les bijoux et choisissait une bonne cause à laquelle les léguer après sa mort.

Et elle en garderait la possession pour le reste de sa vie.

Il a ensuite remis une boîte joliment décorée à chacune des sœurs en échange de leur signature pour confirmer qu'elles avaient parfaitement compris et accepté les stipulations du trust.

Je n'ai jamais pu parler au Noir, mais il avait l'air vraiment gentil et amical ... enfin, à cette occasion.

Maman était de bien meilleure humeur sur le chemin du retour. Elle a même participé en chantant « J'ai perdu le do de ma clarinette » et « Alouette ».

La mère de J.J. ne devait plus vivre très longtemps, mais c'est arrivé un peu plus tard.

9. Le plaisir et la douleur de grandir

On a trouvé à Marie-Madeleine une petite et jolie maison dans le village, que nous avons visité souvent car même pendant ses jours de congé, elle n'avait rien de mieux à faire que de s'occuper de nous.

Jay, cependant, a commencé à passer de plus en plus de temps avec d'autres enfants de son âge presque dès que nous avons été autorisés à sortir de la maison.

Il faut dire que mon petit frère a eu beaucoup plus de facilité que moi à se faire des amis et à s'intégrer dans un groupe.

Donc, pour être tout à fait honnête, c'est moi qui passais la plupart de mon temps libre dans la petite maison.

C'était le premier des grands changements qui allaient ponctuer mon enfance ; le deuxième était l'entrée à l'école secondaire ailleurs dans la ville.

Je n'avais jamais eu à apprendre à m'occuper de moi-même. Tous les enfants avec lesquels je me suis mélangé, je les connaissais depuis que j'étais un peu plus âgé qu'un bébé.

L'école secondaire était, bien sûr, beaucoup plus grande que mon école précédente. Je savais déjà où elle se trouvait, donc la trouver n'a pas été un problème.

En m'approchant de la haute balustrade en fer forgé, j'ai remarqué une foule de mères anxieuses qui avaient, je suppose, amené leurs enfants en bas âge jusqu'ici, pour se faire clairement dire de ne pas aller plus loin.

Même les enfants de mon âge avaient déjà trop de fierté pour se laisser voir en train d'être amenés à leur nouvelle école par leurs parents le premier jour.

J.J. était déjà au travail, et Maman n'avait sûrement pas jugé nécessaire de prendre du temps pour ses précieux engagements à m'amener.

Il est vrai que Marie-Madeleine avait proposé de m'accompagner ce matin-là, mais elle était aussi censée s'occuper de Jay et j'ai poliment refusé.

Dans la nouvelle école, il y avait de grands enfants que je ne connaissais pas - des garçons issus de milieux assez difficiles.

Des enfants qui n'ont pas hésité à embêter un petit garçon timide aux cheveux bruns, au nez en bec et aux yeux marron.

J'ai tourné dans l'immense cour de récréation. L'énorme bâtiment en briques rouges menaçait de m'écraser par sa seule masse imposante.

Mais je n'ai pas eu beaucoup de temps pour m'en rendre compte car j'ai été immédiatement appréhendé par un grand garçon aux cheveux sableux avec des taches de rousseur, de mauvaises dents et une haleine tout aussi mauvaise, mais sans surprise.

« Tu as des bonbons ou de l'argent de poche ? »

« Pourquoi voulez-vous savoir ? » J'ai été plutôt décontenancé par son ton agressif et le caractère inattendu de sa question.

« Parce que je vais m'occuper de toi, et je veux être payé pour ça. »

Je n'étais pas sûr de vouloir être « surveillé » par quelqu'un de ce genre peu recommandable.

« Que se passe-t-il si je ne veux pas que vous vous occupiez de moi ? »

« Ça. »Et il m'a poussé brutalement. Je ne m'y attendais pas du tout et je suis tombé lourdement. Je me suis blessé à la main et j'ai déchiré le coude de ma nouvelle veste.

J'ai donné au garçon tout ce que j'avais sur moi.

« Chaque lundi ou sinon… »

J'ai couru dans la nouvelle école le tout premier jour, réussissant tout juste à ne pas pleurer.

Je suppose que la journée s'est passée raisonnablement bien, compte tenu du début difficile que j'avais eu.

Il y avait un certain nombre d'enfants que je connaissais déjà de l'école primaire, donc ce n'était pas comme si j'étais totalement seul.

Malheureusement, la soirée s'annonçait difficile...

***

« Qu'est-ce que vous avez fait ? » Maman m'a crié dessus en voyant l'état de la nouvelle veste.

Elle n'a pas arrêté de se plaindre de ma méchanceté - à moi, à Jay et à J.J. quand il est rentré.

« Viens ici, mon fils. Dis-moi ce qui s'est passé. » J.J. m'a conduit dans son bureau.

C'était une pièce assez petite par rapport aux autres pièces de la maison et elle semblait encore plus petite parce qu'elle possédait des lambris anciens en bois foncé.

Les murs étaient censés être en grande partie cachés derrière des étagères garnies de premières éditions rares et précieuses.

Cependant, J.J. n'était pas du genre à lire (ni maman d'ailleurs), ni à garder une bibliothèque coûteuse et étendue juste pour les apparences, (comme notre mère aurait pu le faire), et il avait donc généreusement fait don de toute la collection à la bibliothèque du comté.

Il y avait deux grands fauteuils en cuir brun et un énorme canapé assorti.

Il ralluma son cigare et se servit un verre de whisky.

Il a regardé pendant un moment, comme s'il pensait m'en offrir un, puis il a secoué doucement la tête, a soupiré et s'est assis sur le canapé.

Je suis resté près de la porte, sans oser entrer.

C'était un lieu sacré ; nous, les enfants, n'avions rien à faire là-dedans, jamais.

« Viens t'asseoir yi' doon. » Il a fait un geste vers la place à côté de lui.

Je suis donc entré dans son domaine privé et j'ai glissé sur la peau d'animal douce et glissante.

Je ne savais pas trop quoi lui dire. Voyez-vous, je ne le connaissais pas très bien.

Les réactions de Maman étaient faciles à prévoir, mais celles de mon père ? Je ne savais pas à quoi m'attendre.

Comme d'habitude, il avait déjà commencé à boire avant d'arriver à la maison ; c'était juste pour lui permettre de tenir le coup jusqu'après le dîner.

Je l'ai regardé attentivement, essayant de juger ce qu'il fallait dire.

« On dirait que tu es tombé. » Il a prononcé ces mots avec désinvolture.

« Oui, monsieur. »

« Quelqu'un vous a aidé ? »

« Pardon ? »

« Quelqu'un vous a aidé à tomber ? »

« Oui » j'ai marmonné. *Maintenant je suis cuit*, j'ai pensé.

« Tu es assez petit et faible, tu n'es pas très bon en cas de rixe, mais tu es mon fils, ce qui signifie que tu es intelligent.

Ecoute, tout le monde a des faiblesses, et tout le monde a des forces.

Tu dois découvrir quelles sont tes forces et quelles sont tes faiblesses, puis y aller fort.

On n'a pas toujours une seconde chance. Maintenant, va te coucher. »

Et sur ce, il s'est levé et a pris un journal que quelqu'un avait la tâche de laisser là.

Il remplit ensuite son verre, encore une fois, et s'installa sur la chaise à gauche de la grande cheminée en chêne, pour lire et attendre que le dîner soit servi.

J'ai été clairement excusé et j'ai immédiatement quitté son sanctuaire intérieur.

En me précipitant à l'étage, j'étais à la fois soulagé et déçu ; soulagé de ne pas avoir été davantage réprimandé, mais déçu qu'il n'ait pas pensé à faire davantage pour m'aider, même s'il savait que j'étais victime d'intimidation.

Cette nuit-là, je me suis tourné et retourné dans mon lit. Tout allait bien pour lui - il n'a jamais été dans une position où les gens ne faisaient pas ce qu'il voulait. Il n'avait jamais eu à se battre... Ou bien si ?

J'ai pensé à certaines des histoires que j'avais entendues autour de la table du dîner.

 J.J. était un peu comme Briar Rabbit[3] - il trouvait toujours un moyen de se sortir de n'importe quelle situation.

Je pourrais aussi être rusé. Je me rappelle que quelqu'un a dit un jour qu'on pouvait déplacer la terre si on trouvait un levier assez grand. Quel levier pourrais-je utiliser pour contrôler mon nouvel adversaire ?

* * *

Le lundi matin est arrivé et il m'attendait à la porte de l'école.

---

[3] Des histoires d'un lapin très malin

Je me suis arrêté un moment avant d'avancer vers lui. Il n'a pas remarqué les trois respirations profondes que j'ai prises en m'approchant.

« Qu'est-ce que vous avez pour moi ? » Ç'aurait été la coutume à partir de maintenant jusqu'à ce qu'il quitte l'école.

Sauf, bien sûr, si je ne trouvais pas le moyen de le changer.

« Tu t'appelles Brian Waterfield. » Ma voix était calme et posée. Il m'a fallu un effort considérable pour la garder sous contrôle, mais je savais exactement comment je devais jouer ce jeu.

« Et alors ? »

« Mon nom est Pierre-Alain Ferguson. »

« Alors ? »

« Votre père travaille à New Chapel Engineering. »

« Et alors ? »

« Mon père est patron de New Chapel Engineering. »

« Alors ? »

« Tu es vraiment aussi stupide que ça ? »

« Ton père ne renverrait pas mon père. » Donc, il a compris la menace.

« Pourquoi n'allez-vous pas lui demander si mon père est capable de licencier quelqu'un parce qu'il n'a pas aimé quelque chose qu'il a fait, même en dehors du travail ? »

Je n'ai pas attendu sa réponse. Je n'ai pas proposé de lui donner quelque chose, et il n'a pas demandé. J'ai marché tranquillement dans la cour de l'école.

Comme je voulais tellement ne pas laisser transparaître ma peur, je n'avais pas remarqué la foule qui s'était rassemblée autour de nous pendant notre échange.

***

Le lundi suivant, je suis arrivé tôt à l'école et je l'ai attendu à la porte.

« Qu'avez-vous dans vos poches ? »

Il n'a fallu qu'une seconde pour qu'un petit groupe d'étudiants se matérialise derrière moi.

« Qu'est-ce que ça peut te faire ? »

Je n'ai pas répondu immédiatement. Le silence était irréel. Personne ne bougeait ni ne parlait.

J'étais le centre d'attention de tout le monde.

J'ai pris mon temps avant de choisir de répondre. Je pensais que plus j'attendrais, plus cela aurait d'effet.

« Maintenant le bâton a changé de main. Donne-moi. »

Il n'aimait pas ça ; il n'aimait pas ça du tout.

Je l'humiliais devant ce qui semblait être l'école entière.

Il a fait un geste comme pour me frapper, mais du coin de l'œil, j'ai vu l'un de ses amis micro-hocher la tête.

Brian Waterfield a lâché son poing et plongé sa main dans sa poche droite.

Il a sorti de l'argent et des bonbons et les a tendus vers moi.

Sans regarder mon magot, je l'ai pris et l'ai fourré dans ma poche.

Puis, sans un mot, sans un autre regard, je me suis dirigé vers le bâtiment et j'ai laissé la brute brisée à son existence effondrée.

A partir de là, j'aurais pu secouer tous les enfants de l'école. Et de temps en temps, j'ai bénéficié d'une menace subtilement voilée. Mais j'étais « sage » et je n'abusais pas trop souvent de cet avantage.

Bien sûr, lorsque Jay a commencé l'école, tout le monde savait à l'avance qui il était (je les avais averti), de sorte que sa vie scolaire s'est déroulée sans problème dès le premier jour.

10. Objets perdus et trouvés

« Où est Marie-Madeleine ? »

"She doesn't work for us anymore " [Elle ne travaille plus chez nous, désormais.]

Je n'étais dans la maison que depuis quelques minutes.

Comme d'habitude, j'avais enlevé mes chaussures dans le couloir, jeté mon manteau sur les crochets, et j'étais monté dans la chambre d'enfant.

Marie-Madeleine était là, s'occupant du feu,
sachant que les flammes dansantes
réchaufferaient nos corps et nos cœurs après
être rentrés de la soirée glaciale de l'hiver.

Seulement cette fois, il n'y avait ni feu ni
infirmière.

« Quoi ? Depuis quand ? »

" *You are big now. You do not need her
anymore. It has been dealt with.*" [Vous êtes
grands maintenant. Vous n'avez plus besoin
d'elle. Ça a été réglé.]

Mais bien sûr, ce n'était pas réglé. J'ai attendu
que J.J. revienne ce soir-là.

Si je n'avais pas été si bouleversée, je n'aurais
jamais osé m'adresser ainsi à mon père.

« Est-il vrai que Marie-Madeleine a été
licenciée ? »

« Oui, mon garçon. Elle est partie. » Il était
très terre à terre et n'a pas réagi à mon attitude
impertinente.

Alors j'ai continué.

« Juste comme ça, comme une vieille chaussette ? Après tout ce qu'elle a fait pour nous ? »

« Votre mère a décidé qu'elle n'était plus utile, elle a donc reçu un préavis. Après tout, elle n'était qu'une employée. »

Il est clair qu'il n'avait aucune idée de ce qu'était le problème.

« Non, elle ne l'était pas. Elle était de la famille. Elle *est de la* famille. »

« Je suis désolé, Jamie, »- il m'appelait rarement par mon deuxième prénom donc il a dû comprendre que j'étais contrarié - « mais c'était la décision de ta mère. Je m'occupe juste des formalités. »

« Mais que va-t-elle faire ? »

« Oh, je ne m'inquiéterais pas trop pour elle » a-t-il dit de son ton le plus rassurant.

« Elle a une bonne tête sur ses épaules. Je pense depuis un certain temps que l'usine ferait bien d'avoir sa propre crèche.

Et ta mère a quelques amis qui cherchent à prendre des cours de français, pour eux et pour leurs enfants. Marie-Madeleine ne risque pas de mourir de faim. »

Et, satisfait de sa réponse, il se retourna et s'éloigna, probablement pour retrouver sa carafe et son verre de whisky.

Je n'étais pas du tout rassuré. Plein de colère et d'indignation, j'ai enfilé mon manteau et j'ai couru jusqu'à chez elle, malgré l'heure tardive.

Il faisait déjà un froid glacial mais je n'ai même pas pris le temps de m'arrêter pour boutonner mon manteau.

Le ciel du soir était lourd et couvert.

Cependant, il y avait encore des éclaircies dans les nuages, et la lune pensait timidement se glisser et faire une apparition surprise pile au moment où j'arrivais à la petite maison mitoyenne.

J'ai frappé avant de me précipiter à l'intérieur, mais de justesse.
" *Why hello, Pierre-Alain. What has happened ?*" Bonjour, Pierre-Alain. Qu'est-ce qui se passe ?

« Je viens de découvrir que tu as été… »

Je n'ai pas pu finir ma phrase car je venais de remarquer qu'elle n'était pas seule.

« Oh, s'il vous plaît laissez-moi vous présenter ma nouvelle voisine, Muriel Miller. Et voici sa fille, Angelique .

Et ce jeune homme fou » dit-elle en se tournant vers ses invités, « est ce qui se rapproche le plus d'un fils pour moi. Pierre-Alain James Ferguson. »

C'était la première fois que je l'entendais parler anglais, mais ce ne fut pas le plus grand choc de la soirée.

J'ai serré fermement la main de la dame. « Un plaisir. »

Je me suis ensuite tourné vers la jeune femme. Fidèle à son nom, elle était là, face à moi, un véritable ange.

« Salut. » C'est tout ce que j'ai pu faire avant de me retourner et de sortir de la maison en courant aussi vite que possible.

J'avais l'impression que j'allais être malade.

Survie

11. Sur la plage

Changer ou rester le même. Ces mots sont un mantra dans son esprit confus. *Changer ou rester le même.*

Et puis il réalise qu'il est allongé.

« Sacré rêve étrange, si tant est que j'en ai fait un » murmure-t-il en se retournant.

« Sacré lit dur. Où diable me suis-je endormi ? Je devais être bien bourré la nuit dernière. »

Il se redresse lentement et péniblement et ouvre les yeux, pour se retrouver sur un rocher aride.

Le soleil vient de se lever. C'est peut-être cela qui l'a réveillé.

Il est chaud et rouge, et quelque chose en rapport avec l'atmosphère le fait paraître énorme.

Faron tourne la tête dans l'autre direction, vers le bruit des vagues qui s'écrasent contre la côte.

En regardant la côte rugueuse, il est frappé par la beauté et la sauvagerie magnifique de la scène qui se déroule devant lui.

La mer attaque violemment le rivage, le frappant brutalement dans une rage aveugle, comme si sa présence même était un affront à son droit de dominer la terre.

Elle l'attire vers l'avant et vers le haut ; le jet fou est irrésistible.

Il exalte son intensité atomisée, absorbant l'avalanche de gouttelettes microscopiques chargées négativement.

« Plus, plus, plus » implore-t-il auprès des éléments éthériques de la nature.

Et c'est comme si elle répondait. Le vent se lève avec encore plus de force et d'excitation.

Le vent souffle, les vagues s'écrasent et Faron vit l'extase du moment.

Mais le vent n'est pas encore satisfait de sa force.

Il continue à augmenter ses efforts. Il teste pour voir s'il peut pousser juste un peu plus, s'il pourrait être capable de voler.

Le vent réussit presque à le soulever du sol, mais soit il n'est pas assez aérodynamique, soit il n'est pas encore assez fort et ça ne marche pas.

Finalement, il abandonne et, frustré, le repousse lourdement sur le sol dur et rocheux.

Alors il est là, en colère et blessé. Le vent n'est pas censé être capable de ça.

« Se coucher à nouveau ? L'homme qui se couche, mais ni pour dormir ni pour faire l'amour, pèche pour avoir gâché sa vie. »

« Qu'est-ce que… » Faron tourne la tête, recouverte par une ombre qui traverse doucement son visage, coupant le soleil.

Le soleil étant directement derrière le fantôme, il est impossible de distinguer ses caractéristiques.

« Quelque chose ne va pas ? » Cette voix - il connaît cette voix. *Changer ou rester le même.* C'est la voix de son rêve.

Faron est très troublé. Comment la voix de son rêve peut-elle être ici, maintenant, avec lui sur cette plage sauvage ?

« Qu'est-ce que… »

La silhouette continue à tourner autour de lui.

Faron suit la forme. Il se tourne et s'assied.

« Qu'est-ce que… »

Il répète cette phrase, mais pas dans l'attente d'une réponse, car aucune réponse ne pourrait satisfaire son esprit troublé.

Maintenant, il peut voir la silhouette. Elle est petite et lourde, quelque part entre un homme et un petit gorille, portant une sorte de peau de bête pour protéger ses parties intimes.

« C'est toi ? » C'est la seule question qu'il est capable de formuler étant donné le choc que la créature a suscité en lui.

« Demander si je suis qui je suis est une question qui ne mérite pas de réponse. » Il est clairement amusé par la question, mais peut-être encore plus par sa propre réplique astucieuse.

« Mais qu'est-ce que vous êtes ? » Maintenant une question plus appropriée.

« La même chose que toi. »

« Vous devez plaisanter. Vous ressemblez à une sorte de chaînon manquant de l'évolution. »

« Pourquoi ne pas prendre un moment pour regarder vos propres mains ? »

« Mes mains ? Oh, mon Dieu, ce ne sont pas mes mains. »

Elles sont courtes, larges et très poilues. Elles sont lourdes et fortes au toucher. Les ongles sont noirs et ressemblent à des griffes.

« Elles le sont maintenant. »

Faron sent une vague de panique s'emparer de ses entrailles. « Que m'avez-vous fait ? »

« J'ai fait ce que nous avions convenu. »

« À quoi ai-je consenti ? »

« Pour changer qui tu es. »

« Changer ou rester le même » répète-t-il bêtement.

« Et tu as choisi le changement. »

« Oui, oui, je l'ai fait. Mais ce n'était qu'un rêve. »

« Et ça aussi. »

« Comment cela peut-il être un rêve ? »

« Parce que ce n'est pas réel. »

« Je ne comprends pas. » En vérité, Faron se sent particulièrement perdu.

« Vous n'avez pas besoin de comprendre. Vous avez juste besoin de changer. »

« Et comment vais-je faire ça ? »

« Vous allez vivre sept expériences. Chacune d'entre elles vous aidera à guérir une partie de votre moi endommagé. J'appelle chaque étape une île. »

« Et pour cette île, je dois ressembler à ça ? »

« Exactement. »

« Et qu'est-ce que je suis censé apprendre sur cette île ? »

« Vous êtes sur l'île de la survie. Ici, tu vas apprendre... à survivre. »

« Mais je sais comment survivre. » La conversation devient irritante.

« Qu'est-ce que tu sais ? »

Il ne va pas abandonner, n'est-ce pas ? « Je dois faire une hutte, allumer un feu. »

« Allumer un feu, très bien. Et comment on allume un feu ? »

« Je ... Je ne me souviens pas. Comment puis-je ne pas me rappeler comment faire un feu ? » Encore une fois, la panique.

« Rappelle-moi, c'est quoi une roue ? »

« Question stupide. Une roue est une... c'est une... une... chose. » Il essaie de bluffer, mais ça ne sert à rien.

« Qu'est-ce que ça fait ? »

« Je ne peux pas me souvenir. Je ne peux pas me souvenir. Mais qu'est-ce que tu m'as fait ? » Il se sent de plus en plus impuissant, et de plus en plus en colère.

« C'est la représentation d'une période de l'histoire, un peu comme l'âge de pierre. »

« Je sais ce qu'est l'âge de pierre » hurle-t-il à la version courte et tordue de l'humanité qui se tient devant lui. « Comment puis-je me souvenir de ça, mais pas de ce qu'est une roue ? »

« Comme je viens de le dire, c'est une sorte de rêve. Parfois, nous savons des choses que nous ne savions pas ; parfois, nous ne nous souvenons même pas de notre propre nom. »

« Mais quel est le but de tout ça ? » Peut-être que s'il le frappait, il se sentirait moins impuissant et moins effrayé.

« Comme je l'ai dit, vous devez réapprendre à survivre. »

« Comme ça ? » Faron se lève pour faire valoir son point de vue.

« Comme ça. »

Son esprit rationnel décide de prendre le contrôle de la situation, car frapper n'apporterait qu'un soulagement momentané.

« Alors qu'est-ce que je dois faire pour pouvoir sortir d'ici ? »

« Chasser, tuer, se protéger... survivre. »

« Et si je ne le fais pas ? » Pourquoi ne pas essayer un peu de provocation ?

« Alors tu auras faim, tu auras froid, tu seras mouillé et tu seras peut-être blessé » dit l'autre sans ambages.

Sa façon de parler, froide et distante, rappelle un peu à Faron son propre père.

« Mais je ne peux pas mourir. Je ne peux pas avoir faim ou me blesser. »

« Peut-on ressentir la faim et la douleur dans un rêve ? »

Faron n'apprécie pas la tournure que prend cette discussion.

« Donc si je ne fais pas ce que vous voulez, je vais souffrir ? »

« Je me fiche de ce que vous faites ou ne faites pas, mais si vous ne faites pas les choses nécessaires à votre survie, oui, vous souffrirez. »

Ok, si la position haute ne marche pas, essayez la position basse. « Tu vas m'aider ? »

« Je suis seulement ici pour aider. »

Faron laisse échapper une prière silencieuse de remerciement. « Super, commençons alors. »

« Je suis désolé. Il semble que nous ayons un léger malentendu. Je suis ici pour vous aider, comment dire, en tant que conseiller. Pour les choses pratiques, désolé, vous êtes plutôt seul. »

La déception passagère fait place à la rationalité, agrémentée, il est vrai, d'une légère dose d'impudence.

« Et que me conseillez-vous exactement de faire en votre qualité de conseiller, si j'ose demander ? »

« Bien sûr. Eh bien, comme le soleil a tendance à chauffer ces rochers assez fortement en fin de matinée, ce serait peut-être une bonne idée de chercher un peu d'ombre. »

En s'éloignant des eaux, il y a un plan rugueux avec des parcelles de végétation, mais à partir de là, il n'y a que du sable.

Du sable rouge sang profond, profond.

Plus loin dans les terres se trouve une énorme forêt, comme il n'en a jamais vu, ni même entendu parler.

Les arbres sont énormes. Oui, il a déjà vu quelques séquoias majestueux, mais là, c'est toute une forêt.

Il se lève et fait face à la forêt. « À quelle distance pensez-vous que se trouve la forêt ? »

Il n'y a pas de réponse. Il se retourne vers l'homme, mais il n'est plus là.

« Super. » Il hausse ses épaules lourdes et musclées. Et sans autre forme de procès, la petite créature en forme d'homme commence à se diriger vers la protection des arbres.

« Je dirai une chose pour ce genre de corps : Jimmy boy. Il est sacrément bien foutu. »

Jimmy boy ? Depuis combien de temps ne s'est-il pas considéré comme un petit Jimmy ?

« Depuis quand je ne me parle plus à moi-même ?

Ok, juste cette étendue de sable rouge. C'est rouge sang, n'est-ce pas ? Je commence à avoir chaud. J'ai mal aux pieds.

Je devrais faire quelque chose à ce sujet. Je suis sûr de connaître quelque chose pour que mes pieds ne souffrent pas sur le sol chaud.

Je m'en souviendrai peut-être plus tard. Continue juste à avancer. On y est presque, on y est presque.

Ok, c'est mieux.

Gentille forêt.

Les pieds aux frais. »

12. Découvertes dans la forêt

Faron entre dans l'ombre des énormes arbres.

Il fait beaucoup plus sombre ici, mais ce qui le frappe le plus, c'est le bruit.

Cela lui rappelle les bruits du sol de l'usine de son père.

Soudain nostalgique de tout lien avec sa vie passée, il commence à ressentir de la colère.

« Mais qu'est-ce que je fais ? À quel jeu pervers et malsain joue-t-il ? Qui est-il d'ailleurs ? »

Sa nostalgie se limite aux images et aux sons. Et à l'alcool.

Qu'est-ce qu'il ne ferait pas pour une boisson forte, juste pour se calmer les nerfs.

Mais ce cauchemar particulier n'est pas susceptible de lui fournir ce petit luxe.

Alors il continue, se plaignant à lui-même.

« Peut-être que c'est juste une création de mon propre inconscient. C'est ce que ça doit être. Je suis mourant ou mort, et j'ai créé une sorte de réalité imaginaire pour gérer la culpabilité du suicide.

Eh bien, je ne vais plus jouer. Je n'avais plus envie de vivre, et je n'ai aucun intérêt pour une quelconque expérience d'expiation. »

Dans un geste religieux universel, il lève les yeux et les bras vers le ciel, qui est maintenant presque totalement obscurci par les branches les plus hautes.

« Écoutez, Dieu, si c'est votre idée, désolé, mais je ne suis pas intéressé. Si je dois aller en enfer, eh bien, ce n'est pas plus que ce que je mérite. Arrêtez cette mascarade et allons de l'avant. »

Il attend une réponse, une réaction, mais rien ne se passe. Alors il laisse tomber ses bras et va s'asseoir dos à l'un des arbres de taille impressionnante.

Et il reste là, maussade, jusqu'à ce qu'il entende quelque chose bouger au loin, et qu'il réfléchisse à son choix.

« Eh bien, je vais me mettre à l'aise dans cet arbre, et quand tu t'ennuieras, alors tu pourras faire ce que tu veux. »

Il fait ce qu'il a promis : il grimpe à un arbre et s'installe pour attendre. Puis il s'endort pendant un moment.

Un peu plus tard, il se réveille.

« Merde, même si je suis mort, j'ai besoin de pisser. »

Irrité par ce besoin trop normal, il descend de l'arbre et se soulage.

« Qu'est-ce que c'est ? Qu'est-ce qu'il y a là ?
Oh mon Dieu ! »
Il était tellement concentré sur son irritation du
fait que même dans son rêve, la nature l'oblige
à descendre de son arbre confortable, qu'il n'a
pas entendu la créature qui s'approchait.

Pas avant qu'il ne soit trop tard.

La créature ressemble à un énorme ours.

Paniquer ou ne pas paniquer, telle est la
question.

« Il ne peut sûrement pas me faire de mal, je
ne suis pas vraiment là. »

Il fait face à la grande bête, indécis quant à
savoir s'il doit remonter dans l'arbre, courir, ou
se fier à sa logique d'être indemne.

La bête avance ; étonnamment vite pour
quelque chose d'aussi grand.

Son indécision a donné à l'ours le temps dont il
avait besoin, et avant qu'il ne puisse bouger, la
bête a balancé sa patte droite et Farron a été
propulsé du sol.

Il atterrit lourdement, à plusieurs mètres de là. Il a été touché au bras droit, ce qui est déjà douloureux et saignant.

Le coup l'a également essoufflé et désorienté.

Il s'allonge sur le sol mou, le regardant avancer vers lui.

Il est incapable de faire autre chose que de se mettre en boule et de ressentir la panique croissante d'être dans une situation impossible sans aucun moyen d'en sortir.

Il se souvient d'un cauchemar d'enfance.

« Si je peux me forcer à m'endormir dans ce rêve, alors il s'arrêtera, et je me réveillerai. »

Mais ça ne sert à rien - l'ours avance toujours. Se forcer à dormir ne va pas marcher.

Faron peut sentir son corps entier se crisper.

Les muscles se figent et se rigidifient dans une vaine tentative de créer une sorte de bouclier.

N'importe quoi pour bloquer l'inévitable coup brisant l'os.

Il ferme les yeux.

Sa respiration s'arrête.

Et il attend la fin.

Soudain, il y a des cris forts.

Faron, toujours incapable de bouger, ouvre les yeux.

Seulement pour voir une pluie de pierres atterrir sur l'énorme corps poilu de l'ours.

Il se retourne, hurle de colère et de douleur, cherchant la source de cet outrage.

Encore une fois, plus de cris venant des arbres ; une autre pluie de missiles.

Après seulement un moment d'hésitation, l'ours se retourne et s'enfuit.

Que ce soit pour attaquer les lanceurs de pierres ou pour leur échapper, Faron ne peut le deviner.

Que l'ours soit parti, c'est la seule information intéressante.

Quelques instants passent avant que quelque chose d'autre ne se produise pas. Il est choqué, abattu, et souffre.

La peur s'est atténuée, mais n'a pas totalement disparu.

Son pouls est toujours rapide et il continue à respirer par petits intervalles.

Puis, de quelque part dans les arbres, une silhouette émerge. Elle ressemble à la forme de l'autre homme, mais ce n'est pas lui.

« Duncan, c'est toi. Qu'est-ce que tu fais ici ? » dit Faron.

L'humanoïde court et trapu continue vers lui ; il regarde Faron et grogne.

Faron est confus ; le décalage entre sa réaction et la figure qui lui fait face est évident.

« Comment peux-tu être Duncan ? Tu ne ressembles pas à Duncan, mais je sais que tu es lui. Bizarre. »

L'autre homme-créature avance toujours prudemment vers lui. La ressemblance avec un gorille est troublante.

Faron observe avec une fascination totale.

L'homme-singe hésite, avant de s'approcher suffisamment pour établir le contact.

Puis, très lentement, il tend sa petite main pour prendre le bras blessé et l'examiner.
Notre héros prend un micro-instant pour décider s'il doit laisser cette chose le toucher.

Cependant, de manière irrationnelle, il reste convaincu que, d'une manière inexplicable, cette petite bête sombre, sale et poilue est aussi son ancien meilleur ami, grand et dégingandé.

Faron se tourne et, à l'aide de son bras valide, il se met en position assise.

Puis, n'ayant pas d'autre solution, il reste complètement immobile et laisse l'autre s'emparer de son appendice endommagé.

L'homme des cavernes la prend dans ses deux mains massives et la déplace doucement dans toutes les directions.

Il teste si elle est cassée.

Faron crie et tressaille.

Duncan lâche immédiatement le bras et bondit en arrière, alarmé. Il s'accroupit dans une position défensive.

« Désolé, je ne voulais pas vous faire peur. Tenez. » Il offre son bras pour que Duncan puisse continuer l'examen.

Mais l'autre reste accroupi, puis commence à se balancer doucement d'avant en arrière.

Ne sachant que faire, Faron se force à adopter une position similaire, essaie d'avoir l'air sympathique et imite le mouvement de bascule.

Les deux hommes continuent ainsi pendant quelques instants.

Il y a des mouvements dans les buissons. On aperçoit d'autres hommes et quelques femmes. Ils s'accroupissent à quelques mètres et se joignent au balancement.

Tout en se berçant, Faron a tout le temps de réfléchir aux attributs physiques de la petite tribu qui est apparue dans les arbres.

Il est intrigué par la ressemblance physique entre les femmes et les hommes.

Leurs visages, bien que glabres, ont le même aspect lourd, et ils ont presque la même forme de corps, seulement un peu plus petit, sans la taille habituellement plus fine et les hanches plus larges.

Quant à leurs seins, qui ne sont pas du tout couverts, ils ressemblent plus à des poitrines d'hommes qu'à celles des femmes de son expérience, à peine plus grosses, plus rondes et sans poils.

Duncan grogne. Le balancement s'arrête et il se lève.

Les autres suivent son exemple. Ils se tournent et se dirigent vers la forêt.

À part quelques grognements, aucun d'entre eux ne fait de bruit. Ils se contentent de suivre Duncan .

Faron, n'ayant pas de meilleur plan, choisit de rester derrière.

Et, ne trouvant aucune résistance, continue avec les autres en file indienne jusqu'à leur camp.

13. Angélique, encore

Le camp est relativement grand ; il y a plusieurs petites huttes rondes en bois avec des murs en terre et des toits en chaume.

En traversant le village naissant, Faron remarque qu'il y a encore des gens qui vivent dans les grottes derrière le campement.

Ils ont également commencé à élever certains des animaux de l'époque.

Des espèces de moutons et d'assez gros cochons sauvages sont enfermés dans des enclos, et un grand nombre de chiens ressemblant à des loups traînent dans les environs.

Il regarde au-delà et voit qu'ils ont également commencé à investir dans l'agriculture ; un champ de blé est visible depuis l'entrée du village.

Duncan grogne et pointe vers Faron. Il est clair qu'ils ont une sorte de langage rudimentaire, mais il est trop étranger pour que l'homme moderne puisse l'interpréter.

Une jeune femme s'approche de lui. Elle est petite et timide. C'est Angélique.

Faron est confus. Il l'a aimée, haïe, donnée et volée, mais cette Angélique préhistorique ne sait rien de tout cela. Elle n'est qu'une partie de cette construction fantastique, quelque peu basée sur des personnes de son passé.

Duncan lui crie un ordre brutal, en désignant le bras endommagé de Faron, puis elle, et lui fait signe de mettre quelque chose dessus.

Elle s'arrête devant lui, trop timide et effrayée pour aller plus loin.

Duncan s'arrête un moment, puis, remarquant son manque d'action, hurle à nouveau et fait un geste comme pour la frapper.

Faron observe, fasciné par la scène qui se déroule, en prenant chaque étape complexe de la danse.

Sa conscience momentanément accrue étire le temps et aiguise sa perception.

Angélique réagit immédiatement - une forte inspiration et un petit pas en arrière. Ses bras se contractent, les muscles se préparant à protéger son visage et sa tête.

Mais alors son cerveau primitif traite la menace comme un avertissement des conséquences de sa non-conformité.

Sa meilleure défense est de comprendre ce qu'il veut et de le faire.

La peur s'estompe rapidement. Elle est maintenant plus effrayée par sa colère que par cet inconnu.

Elle incline la tête pour reconnaître qu'elle a compris et qu'elle fera ce qu'on lui a dit.

Un éclair de perception frappe la conscience de Faron - le hochement de tête quasi universel est un geste symbolique dérivé d'une version limitée de l'inclinaison.

Timidement, elle s'approche de Faron, le prend doucement par son bras valide et l'emmène.

Comme toutes les autres, elle est petite, trapue, lourde et à peine ce qu'il appellerait une femme.

Jamais il n'aurait imaginé la qualifier de belle, et pourtant elle l'est.

La douceur, la gentillesse et la sollicitude continuent.

Elle l'emmène dans une clairière à l'extérieur d'une des huttes, l'assoit, nettoie sa blessure et la recouvre d'une pâte faite d'argile et d'une sorte de mousse.

Faron se replonge dans ses souvenirs des premiers jours avec Angélique, quand ils étaient jeunes, innocents, libres et tombaient amoureux sans effort.

Cette Angélique est jeune, innocente, et libre de tout leur sordide avenir.

Elle ne sait rien de ses tromperies et trahisons à venir ; de sa colère et de sa violence à son égard ; de sa déception face à ses attitudes et comportements incompréhensibles.

Non, cette Angélique est un modèle de réinitialisation, une *tabula rasa*, un nouveau départ.

Elle était son premier amour - peut-être son seul amour - et elle est là, aussi pure et aussi belle que le premier jour où ils se sont rencontrés dans la petite maison de Marie-Madeleine.

Peu importe qu'il n'y ait aucune ressemblance physique entre les deux ; ils sont une seule et même personne, et il n'a pas le choix. Cela se produit à nouveau.

Il est en train de tomber amoureux d'Angélique.

14. La vie domestique

La vie avec les sauvages, comme il pense les appeler, est physiquement dure. Mais il y a plus qu'assez à manger, bien que la viande soit rare.

Les abris offrent une protection suffisante contre le soleil et la pluie. La vie quotidienne est acceptable une fois que l'on s'est habitué aux conditions d'hygiène et de toilette.

Il faut s'habituer à la sensation de danger quasi permanente.

En général, tout le monde semble être à l'aise et détendu.

Cependant, il suffit d'un certain mouvement dans les arbres voisins pour que tout le monde réagisse et que certains hommes se lèvent et saisissent leurs armes.

En fait, Faron, survit plutôt bien.

Le seul problème est Angélique.

Angelique est la compagne de Duncan, et bien que Faron puisse sentir qu'elle est également attirée par lui, elle a bien trop peur du chef de la tribu pour faire quoi que ce soit.

Avant sa dépression et ses problèmes de poids (les deux étant évidemment liés), il avait toujours eu une vie sexuelle particulièrement active.

Maintenant, forcé de sortir de son état dépressif, son appétit sexuel avait également été ravivé.

Il se sent frustré, même s'il a envisagé de s'accoupler avec certaines des plus jeunes femelles, encore sans attaches.

Cependant, lorsque les possibilités se sont présentées, la perspective n'était pas du tout satisfaisante.

Il les trouve primitives, rudes, et a l'impression qu'il participerait presque à une sorte de forme avancée de bestialité.

Étrangement, cette réaction ne s'étend pas à Angélique.

D'une certaine manière, elle est différente, et sa forme physique ne le révolte pas du tout.

« Je suppose que je pourrais essayer de voir s'il pourrait partager, Dieu. Ça vaut le coup d'essayer » murmure-t-il.

À l'école, il avait participé à une pièce de théâtre intitulée « La petite cabane », mais il ne se souvient pas qui l'avait écrite.

On y trouve un homme, sa femme et son amant, qui est le meilleur ami du mari.

Ils sont abandonnés sur une île déserte.

Finalement, l'amant, frustré par la situation, parle à son ami de sa relation avec sa femme.

Le mari, réagissant de manière pragmatique, organise un tableau de service par lequel ils se partagent la femme tout au long de la semaine.

« Si cela a pu fonctionner pour eux, cela pourrait peut-être fonctionner pour nous » dit Faron, en essayant de se convaincre.

Il attend donc de se retrouver seul avec Duncan et Angelique.

« Alors » - il offre un sourire timide dans la direction de Duncan - « que diriez-vous si nous partagions tous les deux Angelique ? ».

Il s'approche lentement d'elle et la prend doucement par le poignet.

Ils semblent intrigués par ce geste.

Il commence alors à l'éloigner, vers la petite cabane qu'il a faite sienne.

Elle ne résiste pas, et se laisse conduire vers son boudoir.

Duncan suit à quelques mètres derrière.

Tout semble aller pour le mieux jusqu'à ce qu'il décide de l'emmener dans son logement.

Duncan grogne. Ça n'a pas l'air d'être bon signe.

« C'est bon. » Il sourit victorieusement au mari. « Je ne fais que partager votre compagne ; soyez logique, soyez optimiste. Créons une liste. »

Duncan commence à émettre un faible grognement, comme une vieille machine à broyer.

Faron s'arrête sur le seuil, incertain de lui-même.

Angélique montre des signes de détresse. Sa respiration s'accélère, ses pupilles s'élargissent, et ses yeux papillonnent d'un homme à l'autre.

Elle est tendue. Fuite ou combat ?

Duncan arrête d'avancer. Est-ce un bon signe ?

Il a arrêté de grogner. C'est sûrement un bon signe.

Il s'enfonce dans un demi-squat. Peut-être pas un bon signe.

Et il tourne ses mains comme s'il se préparait à attraper quelque chose. Probablement pas un bon signe.

Il attend, immobile. C'est sûrement un signe clair de quelque chose.

Faron choisit de ne pas poursuivre cette expérience.

Ne souhaite pas vérifier si c'est un bon ou un mauvais signe.

Il s'est battu dans de nombreux bars, souvent pour une femme.

Il ne sait pas comment Duncan se bat.

On peut facilement imaginer que Duncan est le chef de ce clan car il est le plus fort et le plus féroce.

Faron soupire, lâche le bras d'Angélique, fait signe à Duncan et entre dans son espace, seul.

Bien sûr, l'histoire ne s'arrête pas là.

Faron est toujours attiré par elle, il se sent toujours frustré. Et, avec le temps, il devient de moins en moins capable de bien gérer tout cela.

Depuis un certain temps, il commence à se sentir mieux, probablement grâce à l'environnement sain et à la nécessité d'un certain travail physique.

Le fait d'être accepté par tout le monde, de ne pas avoir à expliquer quoi que ce soit - même si personne ne pouvait comprendre ce qu'il disait - a également aidé.

Il apprécie le goût pur de la nourriture fraîche. La viande, quand elle est disponible, est un régal. Certains membres de la tribu ont appris l'astuce d'allumer des feux à l'aide de pierres de silex et de pyrite ; l'une d'elles lui rappelle Jay. Et, joie de toutes les joies, il y a même de la bière à boire.

Que cela soit historiquement correct ou simplement une construction positive de son subconscient, il ne s'en soucie pas le moins du monde. Mais c'est certainement un plus dans cette expérience de vie.

Donc, oui, c'est vrai, il recommence à apprécier les choses. Il reconnaît même qu'il éprouve un certain plaisir.

Puis vient la chasse.

15. Avant la chasse

Le Duncan du passé de Faron a toujours été un homme prudent ; cette incarnation ne semble pas différente.

Bien que depuis des générations sa tribu ait survécu en tant que chasseurs-cueilleurs, et que d'autres préfèrent encore risquer de se blesser et de mourir en chassant de grands animaux, il préfère l'élevage et l'agriculture comme mode de vie.

Cependant, de temps en temps, un grand prédateur se met en tête que le camp est une source de nourriture intéressante.

Une cantine fixe, le garde-manger généreusement garni de moutons et de porcs, est prêt à être consommé.

Les membres de la tribu tentent de le chasser, mais si cette tentative échoue, Duncan accepte l'inévitable et se prépare à le traquer et à le tuer.

Par hasard, un tel événement se produit quelques semaines après l'arrivée de Faron.

Faron n'est pas téméraire de nature, mais ces dernières années, il s'est lancé dans des entreprises de plus en plus risquées.

Il s'agissait de tentatives désespérées pour sortir de la spirale infernale du malheur et du désespoir qui rongeait sa vie.

Un sentiment constant de grisaille pesante le poursuivait comme une pluie omniprésente, harcelant ses journées comme un personnage d'un roman de Douglas Adams.[4]

Maintenant, il est impatient d'essayer sa nouvelle invention.

---

[4] The Hitchhiker's Guide to the Galaxy – Le Dieu de la pluie.

Il s'agit d'une façon de propulser de petites lances en utilisant une branche pliée à laquelle est attachée une longueur de vigne résistante aux deux extrémités.

Bien que la liane se casse souvent et doive être remplacée, les petites lances vont plus loin qu'une lance de taille normale.

Duncan et les autres membres de la tribu ont montré peu d'intérêt pour cette arme. Au contraire, leur réaction est ce qui se rapproche le plus d'une expression d'amusement pour Faron.

Faron a passé un certain temps à travailler sur ce projet, à fabriquer une poignée de petites lances et à apprendre comment les utiliser au mieux.

La nuit avant la chasse, la tribu entreprend un rituel.

D'abord, ils s'accroupissent, se balancent et chantent.

De grandes quantités de bière sont servies pendant que le balancement et les chants continuent.

Puis, un par un, les membres commencent à bouger dans ce que l'on ne peut décrire que comme une forme de danse.

Duncan disparaît de l'assemblée, se déplaçant silencieusement et intensément vers l'une des plus anciennes grottes, une qui n'est pas utilisée comme habitation, pour réapparaître un peu plus tard avec une lance.

Si l'on regarde de près, on peut également remarquer que les doigts de sa main droite sont colorés par une tache rouge-brun.

C'est un signal.

De l'ombre, l'un des plus grands membres de la tribu se précipite, en grognant et en hurlant.

Les autres se dispersent en criant comme s'ils avaient une grande peur.

La "bête" avance, parfois debout, parfois à quatre pattes, visant directement Duncan.

Duncan s'arrête, ordonne à la bête de partir, et secoue sa lance pour renforcer sa demande.

La bête s'arrête un instant, comme si elle réfléchissait à ses choix, mais ce n'est que pour respirer un peu avant de se précipiter, en hurlant de toutes ses forces, vers le chasseur solitaire.

Le matador lui assène un coup alors qu'il se précipite en avant. La corrida a commencé ; les attaques des taureaux sont rapides et furieuses.

Une fois, deux fois, trois fois, elle passe, puis elle entre en contact. Duncan est repoussé et trébuche lourdement sur la terre dure.

La chose folle se retourne encore. C'est le moment de tuer. Elle recommence à courir en beuglant sa soif de sang.

Il va l'écraser sous ses grands sabots. De plus en plus près. Le temps s'étire comme une gouttelette gelée. Les gens halètent et se crispent. Leurs yeux se dilatent. Est-ce la fin de leur chef ?

Il s'approche au grand galop.

Il est presque au-dessus de lui.

Comme si elle sortait de nulle part, la lance apparaît.

Sa tête pointe exactement vers l'adversaire qui arrive et qui, incapable de s'arrêter, lui fonce dessus.

Dans la pénombre, la tribu observe la tête et une partie du manche qui semblent jaillir du dos de la bête.

Il s'arrête, juste pour un court instant, vacille, puis tombe lourdement sur le sol.

Il y a le silence. Personne ne bouge.

Duncan se lève, arrache sa lance de la bête inerte et la lance en l'air dans un geste universel de victoire.

La foule est en délire et se précipite vers lui. Faron se retient de justesse de scander : « Nous sommes les champions, nous sommes les champions. » L'énergie est électrique, ils sont en extase.

Personne ne semble remarquer que la bête morte se retourne discrètement et se remet sur ses pieds avant de rejoindre le reste de la tribu pour une dernière bière de célébration.

16. La chasse

La matinée est claire et encore assez froide ; la consommation de bière à toute heure de la journée est une chose à laquelle Faron commence à s'habituer.

Cela lui rappelle sa période d'alcoolisme, lorsque la meilleure prévention contre la gueule de bois était de rester ivre en permanence.

Duncan, bien que leader incontesté de la tribu, n'est pas le chef des chasseurs. Cette tâche est laissée à un homme plus jeune, qui rappelle à Faron son autre bon ami, Mike.

Mike - prédateur, combattant, tueur. Mike voulait, Mike obtenait. Mike était dangereux. Oui, celui-ci lui rappelle assez bien son Mike.

Faron remarque la peur dans les yeux des femmes qui regardent leurs hommes se préparer au combat.

Une scène qui a dû être jouée, des dizaines de milliers de matins comme celui-ci, tout au long de l'histoire.

« Est-ce que mon partenaire, mon père, mon frère, mon enfant reviendra, entier, sain et sauf, ou pas ? »

Il n'y a rien à faire, juste à les regarder une dernière fois. Fixer l'image de l'être aimé sur le délicat Kodachrome de leurs fragiles souvenirs humains.

Mike fait un signe à Duncan. Duncan grogne. Les membres de la tribu se retournent et ramassent leurs armes - une variété de massues et de lances.

Les adieux silencieux des femmes sont plus élégants et touchants que tout ce que Faron a jamais vu ou entendu.

Mike part, les autres suivent. Pour une fois, Duncan prend l'arrière.

Ce n'est pas pour se protéger. Sa tâche est de protéger le groupe de tout prédateur qui pourrait attaquer par derrière.

Faron est presque directement derrière Mike. Il veut observer comment il fonctionne tout en gardant plusieurs personnes entre lui et la tête du groupe.

Après tout, il est ici pour apprendre à survivre. Il n'est pas nécessaire de se faire déchiqueter à mort (même s'il doit s'en remettre) alors qu'une certaine dose de bon sens pourrait éviter ces désagréments.

Faron est arrivé à un point où, dans une certaine mesure, il a oublié à quel point la tribu ressemble aux animaux.

Et ici et maintenant, Mike semble revenir presque complètement à une forme de son incarnation précédente.

Il avance, le plus souvent à quatre pattes, sentant et goûtant la terre et les plantes sur son passage.

Il y a un changement soudain dans son attitude. La fluidité de ses mouvements s'arrête.

Il s'arrête, renifle, renifle encore, se raidit, redresse son petit corps et se retourne vers le groupe.

Sans un bruit, il lève un bras en l'air. C'est le signal. Il a trouvé la piste. Une vague d'excitation, d'agitation, de peur et d'attente balaie les rangs.

Puis il se retourne vers le sentier, et ils se frayent à nouveau un chemin dans le feuillage.

Faron se demande comment ils vont le capturer. Ils devraient peut-être le chasser comme un requin.

Ils l'ont cherché avec des dés à coudre, ils l'ont cherché avec soin ;
Ils l'ont poursuivi avec des fourches et dans tous des coins ;
Ils ont menacé sa vie avec une lampe au néon
Ils l'ont charmé avec des sourires et du savon.[5]

---

[5] La chasse au Snark de Lewis Carroll, avec tous mes excuses GG

Il est perdu dans ses pensées ; peut-être lutte-t-il contre le sentiment croissant de peur.

Peut-être ne s'est-il jamais mis, à la lumière sobre du jour, dans une situation où il pourrait être physiquement endommagé.

Il se permet de se dissocier du moment.

En partie présent, il est conscient de chaque vue, son et odeur (grâce à ses sens préhistoriques) ; pourtant, à travers un filtre protecteur, il se perd dans les bêtises et les paroles de Lewis Carroll.

Il se passe quelque chose ; son souffle est plus court et moins profond. Son cœur bat plus vite. Ses muscles se tendent. Chaque son, chaque ombre, chaque odeur devient profondément important.

Ils s'approchent de leur proie. Ils vont bientôt participer à un combat de vie ou de mort.

Ils seront impliqués dans une lutte pour la survie. Ce n'est pas un jeu. C'est pour de vrai !

« Ok, Jamie, c'est ça. Pas de bagarre du vendredi soir à la sortie d'une boîte de nuit avec quelques lames tranchantes. C'est un gros et dangereux bougre. »

Alors pourquoi ne ressent-il pas la peur ? Il devrait penser à s'enfuir ; ce n'est pas son combat, seulement une sorte de rêve. Il n'a pas besoin de faire ça. Il peut juste dire non.

Ses mécanismes naturels de survie se sont réveillés, mais il reste quand même dans le rang et suit le reste du groupe.

Ils sortent de la forêt. Il y a une clairière, et derrière se trouve l'entrée d'une énorme grotte.

C'est la tanière du grand ours, peut-être la même bête qu'il a rencontrée le premier jour sur cette île.

Que vont-ils faire maintenant ? Ce serait du suicide de se précipiter là-dedans, même avec les lances.

Ils ont quitté la protection des arbres. Duncan apparaît en dernier. Ils le regardent, et il leur répond en grognant.

La plupart des guerriers se tournent vers l'entrée de la grotte, lances en main, tandis que

Jay, un faiseur de feu comme l'a nommé Faron, se sépare du reste du groupe.

Il fouille dans sa poche en peau de bête et en extrait deux pierres et une poignée de mousse sèche. Certains des autres disparaissent dans la forêt.

Jay se penche près de l'entrée et s'affaire à l'art délicat de faire du feu.

Il a beaucoup d'expérience et le petit feu s'embrase rapidement. Les hommes reviennent avec des brassées de mousse humide, de petites brindilles et de branches. Le feu fume et brûle.

Mike regarde Duncan, qui hoche légèrement la tête, un signe naturel d'accord depuis la nuit des temps.

Mike se dirige vers le feu, prend une plus grosse branche et pousse la masse fumante plus profondément dans la grotte.

Quelque part dans la montagne, il doit y avoir une autre sortie car la fumée est aspirée plus loin dans le vide et l'espace extérieur est à nouveau clair.

Et pourtant, il y a encore de la fumée dans la tête de Faron. L'attente a laissé trop d'espace à sa conscience qui tourne au ralenti.

Il imagine les réactions d'Angélique au moment où il s'en va, ce qui le ramène à la chasse en cours, qui se transforme à son tour en ouverture de *Twelfth Night*.

Will you go hunt m'lord [Allez-vous aller chasser, mon seigneur*]* ?
What Curio ? [Quoi, Curio *?]*
The hart. [Le cerf ou le cœur].
Why so I do, le noblest that I have. [Bien sûr, le plus noble que j'ai.*]*

Le gag du ***hart*** [cerf] et du ***heart*** [cœur] l'a toujours amusé.

Sa joie est écourtée. Le rugissement de l'ours effrayé et en colère tranche sa rêverie.

Le groupe se crispe, roches et lances à portée de main.

« C'est putain de dangereux. Je dois être fou-malade. Je suis venu ici pour apprendre la survie. Qu'est-ce que le fait d'affronter un ours furieux de 2 mètres a à voir avec l'apprentissage de la survie ? » Le corps de Faron tremble de peur.

« Mais si je m'enfuis, que se passera-t-il ? Si les autres sont blessés ou tués et que je me suis enfui, cela fait de moi pire qu'un lâche. Je serais aussi en partie responsable. Et Dieu seul le sait, j'ai assez de culpabilité à gérer comme ça. »

Et pourtant, il n'est qu'à un battement de cœur, un battement de cœur très court, de tourner la queue et de s'enfuir.

« De toute façon, moi, au moins, on ne peut pas me tuer, et j'aimerais vraiment prouver que mon truc de mini-lance peut fonctionner. » C'est décidé.

Cette réflexion apparemment longue ne prend, en réalité, que quelques secondes, et il est prêt avec les autres lorsque la créature enragée se précipite à découvert.

Les hommes crient et hurlent et jettent des pierres et des lances sur l'animal monstrueux.

Il y a un moment d'hésitation. Ses pupilles se réduisent à deux petits points noirs, sans doute parce qu'il éprouve un moment de peur... non, un moment de terreur.

Car lui aussi connaît la survie, et pour cette créature, survivre signifie être plus violent et agressif que ceux qui l'attaqueraient.

Il beugle à nouveau et se précipite vers le groupe.

Faron prend une profonde inspiration et tire fortement sur la corde tendue de l'arc.

Il vise la tête, mais dépasse la cible. Le missile passe inutilement à un pied au-dessus de sa tête.

Il avance toujours. Elle semble se diriger directement vers lui. Peut-être qu'elle se souvient de lui, peut-être qu'elle a un compte à régler.

Les autres jettent encore des pierres et des lances, mais elles semblent avoir peu d'effet sur cette locomotive velue.

Il est maintenant clairement sur la bonne voie pour Faron, et ils le savent tous les deux.

Le temps s'arrête. Le film continue à se dérouler au ralenti.

Il regarde le grand ours qui avance.

« Je pourrais bouger, je pourrais courir, mais je pourrais aussi rester là et tirer une autre petite lance. »

Il est dans un rêve ; le rugissement s'est estompé. L'ours continue d'avancer et de grandir pour remplir tout son champ de vision.

Dans cette danse anormalement calme, il tend une autre flèche, l'enfonce dans l'arc, tire et relâche.

La flèche sort de l'arc et s'enfonce profondément dans le côté gauche du torse de l'ours.

Il hurle de rage et de douleur ; Faron est une mauvaise créature, pire que les autres mauvaises créatures. Sa magie est encore plus mauvaise que la leur. Assommez-le. Frappez-le à mort !

Il parcourt les derniers mètres en quelques secondes ; un simple coup de son énorme patte et il est à nouveau projeté au sol.

Il s'avance pour un deuxième coup, sûrement fatal cette fois, mais Mike et Duncan ne sont pas à la chasse pour la première fois.

Ils s'attendaient à ce que l'ours traverse la première ligne d'hommes et l'avaient prévu.

Et maintenant, hors des arbres, un autre groupe arrive, criant à tue-tête. Plus de pierres et plus de lances.

L'ours hésite une seconde fois ; l'élan des hommes, comme la mer en colère qui se fracasse sur le rivage rocheux, suffit à le forcer à se retourner et à se diriger vers la sécurité de sa grotte.

Mais, non, le premier groupe s'est regroupé. Plus de pierres et de lances récupérées pleuvent sur l'ours.

Il hurle de colère et de peur ; il se jette sur le premier groupe, comme pour les écraser tous. Il peut alors retourner dans sa tanière.

La trace du feu et de la fumée est déjà loin de son esprit.

Plonger sur les hommes aurait pu être une stratégie raisonnable s'ils n'avaient pas été préparés à son retour.

Ils ont planté les extrémités de leurs lances dans le sol et utilisent toute leur force et leur poids pour les maintenir dirigées vers la bête qui charge.

Il sait que les bouts pointus font mal, alors il ralentit et hésite dans sa tentative de percer.

C'est seulement maintenant que le deuxième groupe, qui suit de près, les a rattrapés. Ils sautent sauvagement sur son dos, enfonçant leurs lances dans son corps désormais sans défense.

Le grand animal, déséquilibré de toutes parts, tombe lourdement sur le sol.

Les hommes sortent les lances, pour les planter toujours plus profondément dans les entrailles sanglantes de la bête qui tremble.

Il essaie de se retourner, de les rejeter, de se relever, de trouver sa sécurité, de survivre, mais il est beaucoup, beaucoup trop tard.

La bête s'est affaiblie.

Il ne peut que se retourner, s'acharnant avec ses grandes griffes. Il projette un des hommes sur son dos et l'écrase contre le flanc de la colline.

Et puis, avec l'incroyable énergie que suscite le besoin de survie, il se remet soudain sur pied, prêt à déchirer et à écraser les mouches ennuyeuses qui lui tournent autour.

Mais cette fois, c'est Faron. Faron avec sa mini-lance. Il ne peut pas rater. Il ne rate pas. La courte lance fonce vers l'ours, l'atteignant à la gorge.

Il a un haut-le-cœur et fait mine d'essayer de le retirer, mais l'objet est bien trop petit pour qu'il puisse l'attraper. Il ne reste que quelques secondes avant que son dernier souffle ne quitte son corps lourd, et tout est momentanément calme et paisible.

Et donc Faron est là, au milieu de la douleur et de la souffrance du reste de l'armée.

S'étant tenu à l'écart de la mêlée, il semble être le seul à être relativement indemne.

Il y a des blessés ... des bras et des jambes endommagés, et un homme avec des os écrasés dans la poitrine ; il pourrait ne pas revenir au village.

Faron est en état de choc, dans cette autre dimension où les images et les sons de cet autre monde sont présents, mais incroyablement éloignés.

Il l'a fait. Sa mini-lance a presque tué la bête. Ils ont survécu et l'ours est mort. Et c'est lui qui l'a fait.

Jay retourne chercher les femmes. C'est un travail pour tout le monde. Elles vont aider les blessés et dépouiller ct découper l'ours.

Personne ne prête attention à Faron, ce qui l'agace un peu, car il estime que son invention a contribué à la victoire.

Cependant, il est sur un nuage après le danger, la mort et la connaissance de l'efficacité et de la puissance de son machin.

Le festin d'après-chasse est un moment fort de la vie de la tribu : viande à manger, bière à boire, chants et danses. Il y a des flûtes, des bâtons de bois qui résonnent et des pierres qui tapent doucement.

Duncan, en tant que chef de la tribu, découpe les entrailles de la victime. Le reste a déjà été découpé et nettoyé, et est en train d'être cuisiné ou préparé pour la salaison.

Il offre le coeur à Mike. En tant que chef de la chasse, c'est son droit.

Toujours l'esprit d'équipe, Duncan, pense Faron. *Toujours le joueur d'équipe.*

Duncan sort alors le foie. Faron est curieux de voir ce qu'il va faire de ce mets délicat.

À sa grande surprise et à son grand plaisir, Duncan s'approche de lui et lui offre ce gage de haute estime. Faron, légèrement surpris, l'accepte avec gratitude.

Duncan grogne, et pantomime Faron en utilisant son arc et ses flèches primitives. La tribu émet un son que le nouveau héros traduit comme un encouragement. Souriant, il salue son public.

Il remarque alors qu'Angélique se tient tranquillement à l'extérieur de la lumière projetée par le feu ardent.

Elle le regarde droit dans les yeux. Leurs yeux se rencontrent, et pendant un court instant, ils se perdent l'un dans l'autre.

Duncan pousse un cri, un signal pour indiquer qu'il a terminé les offrandes cérémonielles.

La tribu se précipite sur la viande en train de cuire.

Il existe une sorte de hiérarchie, mais Faron ne sait pas encore qui est qui dans la hiérarchie complexe de la tribu.

L'appel du chef a brisé le sort et, comme un yoyo sur une corde, Angélique est renvoyée dans son corps, les deux âmes se séparant.

Ce qui était le besoin et le désir est sauvagement remplacé par un regard de choc et de peur. Elle sait combien il serait dangereux pour elle d'éprouver ces sentiments pour Faron.

Il n'a pas de telles restrictions. Sa réaction ne fait que prouver et renforcer son soupçon qu'elle est aussi attirée par lui qu'il l'est par elle.

La survie - c'est ce qu'il est venu apprendre ici ; eh bien, cela doit signifier la survie du plus apte, du plus rapide et du plus rusé.

La belle et la bête, ce sera leur histoire. C'est comme ça que ça se passera.

Le festin continue. Tout le monde, du moins c'est ce qu'il semble, mange, boit, chante et danse jusqu'à l'épuisement.

Faron a mangé et bu juste ce qu'il fallait pour renforcer sa détermination.

Angélique n'a rien mangé ni bu.

Alors que le feu se transforme en un souvenir enflammé, l'énergie de la tribu diminue.

Ils retournent dans leurs grottes ou leurs huttes, ou se laissent simplement tomber sur la terre battue, adoucie par les couches de nourriture et de boisson.

Faron chasse une pochette en cuir et la remplit de nourriture. Il prend ensuite son arc et ses flèches et se retourne, pour trouver les yeux d'Angélique, regardant dans l'ombre entre deux huttes.

Viens. Elle ne bouge pas.

Il marche, tranquillement, sûrement, résolument vers elle.

Elle ne s'avance pas vers lui, mais ne recule pas non plus.

Elle continue à le regarder directement, mais reste aussi inanimée que la statue de Pygmalion.

Il tend la main pour la toucher et le feu des dieux, brûlant dans ses yeux sauvages, se répand dans son corps raide.

Elle frissonne, choquée par le mouvement et la vie.

Sa première réaction est de reculer.

17. Adam et Eve

Il s'accroche à son bras. Il absorbe sa réaction, laissant son bras s'étendre, pour le ramener doucement vers lui et l'espace ouvert derrière lui.

Cette fois, c'est à elle d'accepter le mouvement. Son bras avance vers lui, puis tout son corps suit l'action. Elle se met à marcher avec lui. Sa main se glisse silencieusement dans la sienne.

Bien qu'il soit impatient de se diriger vers la sortie du camp, il peut sentir l'excitation dans la tension de sa prise. Sa respiration est rapide et courte.

Les ambres rouge foncé du feu mourant l'avertissent des conséquences de son acte, mais il est maintenant trop tard. La séquence est lancée.

Il n'y a qu'une seule solution. Si leur amour doit survivre, il faut lui donner l'espace nécessaire pour grandir et vivre.

Elle doit être aussi excitée et effrayée que lui, mais ils s'échappent vers la liberté. C'est ça, la survie.

Il l'entraîne loin de l'enceinte, leurs deux cœurs battant au rythme sauvage du danger et de l'aventure.

Choisissant un chemin au hasard, ils se dirigent vers les régions sauvages de l'île.

Ils marchent pendant quelques heures jusqu'à ce que les effets du danger et de l'excitation soient remplacés par une dose de plus en plus forte de réalité qui se manifeste par la fatigue et l'épuisement physique.

Il y a une clairière ; le soleil s'est juste levé suffisamment pour réchauffer l'air et remplir l'espace d'une lumière mouchetée légèrement vacillante.

Ils empilent une masse de feuilles mortes et s'y fondent.

Leurs deux corps poilus sont enlacés dans des tons complémentaires de brun clair et de brun foncé.

Ce devait être dans l'après-midi qu'ils ont commencé à reprendre conscience.

Cela fait quelques années que Faron ne s'est pas réveillé avec une érection matinale, un phénomène inhabituel dans la mesure où il ne nécessite aucune stimulation évidente, ni contact réel ou imaginaire avec un partenaire sexuel.

Ici et maintenant, il est avec Angélique. La stimulation est évidente.

Ils sont enlacés : elle lui tourne le dos, il la tient par la taille et les seins.

Son érection est forte et présente, il la serre plus fort contre lui.

Elle se réveille. Son corps se raidit sous l'effet de l'excitation. Sa respiration est plus forte, plus profonde. Elle ressemble presque au halètement d'un animal.

Elle se frotte contre sa virilité. Il augmente la pression. Ils doivent libérer leur individualité, ils ne feront plus qu'un.

Il commence à l'embrasser, mais, au-delà de sa volonté consciente, le baiser devient mordant.

Ils se tordent et se battent. L'émotion prend le contrôle, pour laisser place aux instincts animaux les plus bas.

Il est maintenant sur elle ; il lui coince les bras à l'horizontale, mais il n'y a pas de public pour voir cette martyre lui donner sa vie.

Il essaie de la pénétrer, mais elle résiste, en tordant son corps d'abord vers la gauche, puis vers la droite.

Il ne comprend pas. Qu'est-ce qui ne va pas ? Pourquoi résiste-t-elle ?

Il n'y a rien d'autre à faire - soit il la contraint de toute sa force et de toute sa frustration, soit il abandonne et essaie de comprendre le problème.

C'est ce manque de concentration momentané qui lui donne l'opportunité dont elle a besoin. Comme un serpent à fourrure, elle tord son corps, ses bras et ses jambes, et se glisse sous lui. Elle est libre.

Que va-t-elle faire ? Va-t-elle retourner vers Duncan et le camp ?

Va-t-elle s'enfuir ? Ou va-t-elle attendre et essayer de lui faire comprendre ce qui est mal ?

Le résultat est ... rien de tout cela.

Elle se lève, se détourne de lui et se penche légèrement en avant. En même temps, elle soulève son fragile chiffon de peau d'animal.

Faron a eu une vie sexuelle intense, ce n'est pas quelque chose qu'il n'a jamais connu auparavant.

Dès que le message est compris, il se lève et se précipite vers elle.

Elle est prête pour lui - aussi humide que toutes les femmes qu'il a connues. Il se glisse à l'intérieur, aussi doucement qu'une victime aspirée par des sables mouvants.

Et c'est ainsi que cela semble être ; son mouvement et le sien, dans un simple, doux et fluide mouvement. De derrière elle, au premier contact, au point d'entrée, jusqu'au moment où elle a la totalité de sa hampe dans son corps excité, qui se tortille.

Ses bras sont enroulés autour de sa taille, il tire, serré, plus serré, plus serré, s'enfonçant encore plus en elle. Puis il se relâche un instant. Son pénis se rétracte de la plus petite distance.

Maintenant long, lent, profond, réfléchi. Sexuellement ici. Puis c'est rapide.

Très, très, très rapide. Rapide comme l'éclair, rapide comme l'éclair, rapide comme l'éclair de la tige du piston.

Il n'y a pas de pensée, pas d'idée, pas de temps, pas d'espace. Il n'y a que le mouvement, et la vibration.

Mais il est partout. Son corps est totalement pris, il tremble, vibre, picote, transpire.

Le monde change, tourne, tourbillonne, s'emballe, et il fait partie de tout cela.

C'est ça être en vie ; c'est la survie dans ce qu'elle a de plus brut, de plus rare, de plus réel.

Il crie, elle crie, le monde entier crie. Il doit être en train d'éjaculer.

Mais cela ne ressemble à rien de ce qu'il a connu auparavant.

Le monde explose en un million de particules de la vie elle-même ; il ne fait qu'un avec chacun des millions de spermatozoïdes lancés de sa propre fusée suralimentée.

Et puis... c'est fini.

Une fois de plus, ils se froissent sur leur confortable lit de feuilles séchées.

Encore une fois, entrelacés.

Encore une fois, épuisé.

A nouveau, prêts à se laisser aller aux profondeurs de l'inconscience, au sommeil.

Mais cette fois, quelque part, ces deux êtres individuels, indépendants, sont devenus un.

18. Une petite leçon de confiance

Pendant tout ce temps, Faron n'a eu aucun contact avec l'entité ou la personne qui l'a amené sur l'île. Heureusement, cela est sur le point de changer.

Il nage au large de la côte. Angélique est allée dans la forêt pour ramasser des fruits pour le déjeuner.

Il commence à comprendre certains des concepts de base de sa langue et la communication est devenue possible.

« Vous savez, il peut faire assez chaud à l'heure du déjeuner », dit une voix.

Cela lui semble une éternité depuis qu'il a entendu quelqu'un parler dans une langue qu'il comprend.

Il arrête de nager et lève les yeux vers la ligne de rivage.

« Alors, tu es de retour ? »

« Qu'est-ce qui vous fait penser que j'ai été absent ? »

« Eh bien, je ne vous ai pas vu. »

« Quand avez-vous regardé pour la dernière fois l'arrière de votre talon ? »

« Sais pas. Peut-être des mois. »

« Cela signifie-t-il que vous n'avez pas eu de talon pendant tout ce temps ? »

« Ne sois pas stupide. »

« Par la même logique, ce n'est pas parce que vous ne m'avez pas vu que je n'étais pas là. »

« Alors pourquoi êtes-vous ici maintenant ? »

« Parce que tu as besoin de moi. »

« Je pense que je m'en sors très bien. J'ai retrouvé ma volonté de vivre et je me débrouille très bien pour survivre. »

« Comme vous l'avez dit, jusqu'à maintenant. »

« Que voulez-vous dire, jusqu'à maintenant ? »

« Il est presque midi, et, comme je l'ai dit trois fois, il fait très chaud à midi. La preuve est complète, si seulement je l'ai dit trois fois. »

Il y a ici une référence à quelque chose qu'il connaît sûrement. Il sait aussi que cela le troublera jusqu'à ce qu'il puisse s'en souvenir.

« Vous n'êtes pas inquiet de la chaleur, alors ? »

« Quoi ? Oh, oui, la chaleur. Ok, je sors maintenant. »

Il se traîne hors de l'eau et se sèche sur les pierres humides. Ce n'est que lorsqu'il fait un pas vers les arbres qu'il réalise à quel point le sol est devenu chaud.

« Aïe ! C'est vachement chaud. »

Les rochers et le sable rouge sang brûlent.

« Qu'est-ce que je suis censé faire maintenant ! »

« Que voulez-vous faire ? »

« Je veux retourner dans la forêt où il fait frais, retrouver Angélique. »

« Alors vas-y. »

« Mais c'est sacrément chaud. »

« C'est seulement à environ 30 pieds. »

C'est vrai - la distance jusqu'au bois n'est que d'environ dix mètres, mais ces dix mètres sur des rochers brûlants et du sable pourraient aussi bien être de dix miles pour ce que Faron s'en soucie. C'est impossible.

« Il fait trop chaud pour que je traverse. Je vais me brûler les pieds. »

« En fait, non, vous pouvez franchir cette distance si vous marchez à un rythme régulier. »

« Oh non. Si je dois traverser ça, je vais devoir courir pour le faire. »

« Non, vous ne le ferez pas. »

« Écoutez, tout d'abord vous venez me prévenir de la chaleur du soleil après qu'il soit trop tard pour y faire quelque chose.

Maintenant, vous voulez que je marche sur les sables brûlants. Je ne vous comprends vraiment pas du tout. »

« Alors par tous les moyens, je vais vous expliquer. Vous êtes ici pour apprendre à survivre. S'il vous plaît, laissez-moi finir avant que vous ne pensiez à m'interrompre.

Oui, vous avez appris beaucoup de choses sur la survic jusqu'à présent. Cependant, une leçon majeure est la capacité à supporter une certaine douleur. »

« Et vous pensez donc que je devrais me torturer et me brûler les pieds, afin d'apprendre cette leçon ? »

« Pas exactement. Voyez-vous, comme je l'ai déjà dit, vous êtes tout à fait capable - tout le monde l'est - de parcourir cette distance, même sur des charbons ardents, sans vous brûler, à condition de marcher régulièrement, sans vous arrêter ni ralentir. »

« Et quel est exactement le truc pour ça ? »

« Le tour que je vais vous apprendre maintenant. »

Faron se rassied sur les rochers refroidis par les vagues.

« Enseignez-moi. »

« Avant tout, vous devez croire pleinement que vous pouvez marcher sur la surface chauffée sans vous brûler les pieds. »

« Peut-être que ce serait plus simple si je croyais que j'étais un oiseau qui pouvait voler au-dessus des sables brûlants, et puis tu pourrais faire tes trucs de magie, et *paf*, ce serait vrai. »

« Donc vous êtes d'accord pour dire que c'est un monde irréel ? »

« Bien sûr. »

« Alors il devrait être facile de croire que vous ne pouvez pas être blessé. Chaque monde, quelque part, n'est qu'une illusion. »

« Peut-être, mais je peux toujours être blessé et ressentir la douleur. Je l'ai déjà prouvé. »

« Bien sûr, mais à quoi cela servirait-il de vous faire brûler les pieds ? »

« Il était une fois un homme d'affaires juif qui décida d'enseigner à son fils de six ans les affaires. »

« Je ne vous suis pas. »

« C'était l'une des histoires préférées de mon Père.

Alors il soulève son fils sur une grande commode.

« Maintenant, saute dans mes bras ! » dit le père.

« Mais j'ai peur », répond l'enfant.

« Ne t'inquiète pas, je vais t'attraper », répond le père en tendant les bras à sa progéniture.

Enfin, le garçon saute du meuble, le père lève les bras vers son fils, puis les laisse retomber à ses côtés.

Le garçon atterrit lourdement sur le sol.

« Pourquoi avez-vous fait ça ? », crie-t-il depuis le sol.

« Maintenant vous savez que vous ne devez faire confiance à personne ».

Vous pensez donc que je vous laisserais vous brûler afin de vous donner une leçon ? »

« Pourquoi pas ? »

« Parce que, jeune homme, ce n'est que la première des sept îles.

Si je fais quelque chose pour perdre votre confiance maintenant, comment puis-je faire en sorte que vous suiviez mes instructions à l'avenir ? »

« Donc je devrais vous faire confiance ? »

« La confiance est le facteur le plus important. »

Faron s'arrête un instant, hausse les épaules et dit : « De toute façon, je dois repartir ou alors attendre ici que le soleil se couche et que le sol se rafraîchisse. »

« Tu me feras confiance ? »

« Pourquoi pas ? »

« Pouvez-vous croire qu'il est possible de traverser les trente pieds de sable chaud sans se brûler les pieds ? »

« Il semble peu probable. »

« Pourquoi ne pas fermer les yeux un instant ?

Prenez quelques secondes pour vous connecter à une autre partie de vous-même.

Remarquez votre respiration, comment votre corps se détend, comment la respiration se régule d'elle-même, plus lente et plus profonde, plus profonde et plus lente.

Maintenant, imaginez-vous en train de franchir la distance.

Utilisez votre imagination.

Vous traversez les sables brûlants.

Oui, c'est chaud, mais vous pouvez le faire.

Oui, tu le fais.

Vous le faites et maintenant vous arrivez de l'autre côté, vous entrez dans la forêt - une victoire.

Quel effet cela fait-il d'avoir maîtrisé ce défi ? »

« Je me sens bien. On se sent très bien. »

« Maintenant, vous avez besoin d'un mantra. »

« Si c'est en sanskrit, ça va me prendre une éternité à apprendre. »

« Non, rien de si ésotérique ; une simple phrase en anglais : " **I can do it** " [J'arrive à le faire] ou quelque chose de similaire fera l'affaire. »

« Il y a l'histoire d'un petit train qui devait sauver des carrosses, et les tirer en haut d'une colline escarpée, et il n'arrêtait pas de se dire : 'Je pense que je peux, je pense que je peux'. »

« Ça marcherait très bien. Alors, commencez à vous dire : « Je pense que je peux, je pense que je peux.» »

« Je pense que je peux, je pense que je peux. »

« Bien. Maintenant encore, regardez vous en traversant le sable. »

« Je pense que je peux, je pense que je peux. »

« Maintenant, levez-vous. Continuez à répéter. Gardez-le en place ... Bon. Maintenant, ce n'est pas si difficile. Je sais que vous pouvez. »

Faron, continuant à chanter son mantra, se lève et se tourne vers les bois.

« Allez-y. »

Il commence à marcher, de façon régulière et déterminée.

« Je pense que je peux, je pense que je peux. »

Il peut sentir le sable chaud qui commence à chauffer la plante d'un pied, mais presque immédiatement il suit le pas, et c'est l'autre pied qui est en contact, puis l'autre, puis l'autre.

« Je pense que je peux, je pense que je peux », continue-t-il à chanter. Les bois frais et tranquilles se rapprochent rapidement. Il est étonné par la rapidité avec laquelle ... il est arrivé.

« Je savais que je pouvais, je savais que je pouvais. »

Il se retourne, cherchant la reconnaissance de l'autre, pour constater que le rivage est à nouveau vide.

Faron ne s'en soucie pas tant que ça.

Il l'a fait.

Il l'a vraiment fait.

19. L'autre tribu

Ils passent leur temps à ramasser des fruits et des noix, à dormir et à copuler, et à éviter les innombrables dangers de l'île.

Ils ont recréé une sorte de jardin d'Eden dans lequel même le serpent est désormais le bienvenu, mais uniquement comme source de protéines supplémentaires.

Faron, qui est au fond un homme du vingtième siècle, se lasse rapidement de leur vie simple et souhaite approfondir ses recherches sur l'île.

Comme le camp de Duncan est au sud, il commence à errer vers le nord, mais ce choix n'est pas partagé par Angélique.

Elle continue à courir devant lui et à essayer de lui bloquer le passage.

Elle fait des gestes bizarres qui n'ont aucun sens pour lui. Tout ce qu'il peut comprendre, c'est qu'elle a peur de quelque chose, quelque chose qui est clairement dangereux.

Il essaie de la calmer, en faisant des gestes et des sons apaisants, mais elle continue à essayer de l'arrêter.

Finalement, elle abandonne.

Désespérée, elle se recroqueville sur le sol, se couvre la tête de ses mains et commence à se balancer.

Ça rappelle à Faron un vieux film se déroulant dans un hôpital psychiatrique. C'est ainsi que les patients totalement psychotiques sont dépeints.

Peut-être que, dans les profondeurs de leur souffrance psychologique, ils régressent à un état plus primitif de confort personnel.

Quoi qu'il en soit, c'est ainsi qu'il voit son Angélique en ce moment.

Cependant, cela n'enlève rien à sa détermination à enquêter sur le reste de l'île.

« Je reviendrai », dit-il pour tenter de la réconforter, même s'il sait pertinemment qu'elle ne comprend pas un mot de ce qu'il dit.

Au cours des dernières semaines, il s'est habitué à ce nouvel environnement - les bruits de fond constants et inattendus, les insectes de taille inhabituelle, qu'ils soient terrestres ou volants, et les variations étranges de certains des animaux qu'il connaît.

Il a rencontré des créatures ressemblant à des chevaux, mais ils sont relativement petits, ce qui compense en quelque sorte les cochons sauvages, qui sont beaucoup plus gros que ceux de la vie moderne.

Il est conscient qu'il y a quelque chose qu'Angélique craint, quelque chose que certains membres de la tribu ont rencontré et ont communiqué aux autres pour qu'ils ne viennent pas dans cette direction.

« Je ne peux pas mourir, ce qui signifie que ce que je pourrais trouver ici ne peut pas me faire trop de dégâts », raisonne Faron en se faufilant entre les arbres massifs.

Il n'a pas besoin d'aller bien loin avant de trouver la cause des inquiétudes de la tribu de Duncan.

Les arbres commencent à s'éclaircir, et il peut voir une clairière devant lui.

Ce à quoi il ne s'attendait pas, c'est le village planté dans cet espace.

Bien que les huttes soient à peu près du même style et de la même fabrication que celles dans lesquelles il a dormi pendant quelques semaines, à presque tous les autres égards, la ressemblance avec le village de Duncan cesse.

Pour commencer, l'ensemble de l'établissement est entouré d'une haute clôture en bois. Et ce n'est pas tout, il y a des piquets aiguisés plantés dans le sol à un angle d'environ trente degrés.

Les champs situés à l'extérieur du village sont assez grands et il est clair que différentes variétés de céréales sont cultivées à différents endroits. Et ils sont également clôturés.

En regardant de plus près, il se rend également compte que les huttes sont beaucoup plus grandes et que de la fumée en sort.

Il ne peut pas en dire plus sans quitter la sécurité de la forêt.

Et comme il n'a aucun moyen de juger de la façon dont il pourrait être accueilli, compte tenu de la peur d'Angélique, il choisit de ne pas prendre le risque de s'approcher de ce territoire inconnu.

Il revient aussi vite qu'il le peut, mais trouve sa compagne volée toujours dans la même position.

Ce n'est que maintenant qu'elle a cessé de se balancer ; vraisemblablement épuisée, elle s'est endormie.

Faron rassemble quelques feuilles mortes pour en faire une sorte de couverture, les couvre tous les deux du mieux qu'il peut, et se glisse dans l'engourdissement chaud du royaume de Morphée.

20. En cas de besoin

Après son aventure et sa découverte de l'autre tribu, Faron a refroidi son désir d'enquêter davantage et se contente des plaisirs quotidiens de la vie avec Angélique.

Bien sûr, cela ne peut pas durer.

C'est un jour comme beaucoup d'autres. Ils se réveillent, se lèvent pour faire pipi, font l'amour, se lavent dans un ruisseau, prennent des fruits pour le petit-déjeuner et vont chercher ce qu'ils peuvent trouver d'autre à manger pour la journée.

Ce jour-là, Angélique marche sur un morceau de branche qui lui pénètre profondément le pied gauche.

Elle crie et Faron revient en courant pour voir quel est le problème.

Comme elle ne saigne pas beaucoup, il l'aide à boiter jusqu'à une grande pierre.

Elle s'assied et il examine le pied et l'objet incrusté.

Bien sûr, il ne peut pas rester là.

Alors, le cœur battant comme la batterie d'un groupe de rock, il prend son courage à deux mains et l'arrache.

Elle halète et sanglote, puis lui demande de l'aider à rejoindre un ruisseau proche pour qu'elle puisse baigner sa blessure.

Comme pour refléter sa douleur et sa souffrance, le temps devient froid et menaçant.

S'ils ne trouvent pas d'abri, ils seront trempés en quelques minutes.

Les tempêtes de cette époque sont comme les angoisses des adolescents : lourdes et déraisonnablement intenses.

Elle cherche désespérément quelque chose, mais Faron, parfaitement conscient de l'avancée de la tempête, l'emporte presque vers la face légèrement creusée d'une colline voisine.

Et les voilà assis, regardant misérablement la pluie torrentielle, sans rien à faire ni à dire.

Faron, ennuyé et maussade, s'envole vers un autre monde fantastique... celui des chats à chapeaux et des choses une et deux.[6]

***

Il a dû finir par s'endormir, car la tempête est sûrement passée depuis un certain temps. Le soleil est maintenant sorti et la forêt est à nouveau chaude et humide.

Il se lève et se tourne vers Angélique, choqué de voir à quel point son visage est terne et pâle. Le contraste avec le rouge affreux de la

---

[6] Le Chat Chapeauté par Dr. Seuss

masse gonflée qui gonfle son pied est saisissant.

Ce n'est que maintenant qu'il comprend pourquoi elle a refusé de le suivre immédiatement dans la grotte peu profonde avant la tempête.

Elle cherchait de la boue et des herbes pour soigner sa blessure avant qu'elle ne s'infecte.

Mais maintenant il est trop tard.

Et une infection, dans ce monde de l'âge de pierre, plusieurs siècles avant que l'on ait même pensé aux antibiotiques, pouvait être mortelle.

La colère et la panique envahissent l'être de Faron.

Colère envers lui-même pour ne pas avoir réalisé sur le moment ce qu'elle cherchait et l'avoir aidée à le trouver.

Et paniquer en pensant que s'il ne sait pas quoi faire, et rapidement, l'être cher ne survivra pas longtemps.

Il sait qu'il n'a pas les moyens de la sauver lui-même, il devra donc l'amener à quelqu'un qui le pourra.

Cependant, s'il retourne dans la tribu de Duncan, alors que l'ancienne compagne de ce dernier est en train de mourir, il pourrait bien la rejoindre dans ses derniers instants.

Bien sûr, le guide a dit qu'il ne pouvait pas mourir, mais il a aussi confirmé qu'il pouvait ressentir la douleur.

Ainsi, entre le fait d'être transpercé par une lance tranchante et de perdre conscience, il y aurait de nombreuses occasions de souffrir.

C'est beaucoup trop risqué s'il y a une autre option.

Et il y a. L'autre tribu.

"When in need, do the deed." [*Quand (vous êtes) dans le besoin, faites l'acte.*]

21. Aidez-moi si vous le pouvez

Quand Angelique a réalisé où Faron l'emmenait, elle a commencé à se débattre.

Mais déjà affaiblie par la douleur et l'infection, elle ne peut pas faire grand chose.

Il semble mettre beaucoup plus de temps à trouver le campement, mais portant et combattant son éternel compagne, et stressé par la situation, il est normal de penser qu'il pourrait ne jamais arriver.

Puis, en passant devant l'un des grands séquoias, il se retrouve à l'air libre, à moins de trente pieds du bord de l'enceinte.

Alors qu'il s'approche, plusieurs têtes apparaissent au-dessus de la barrière en bois.

Une grande porte s'ouvre et l'un des membres de la tribu apparaît.

Faron s'arrête, à la fois choqué et étonné.

Car ce n'est autre que Duncan.

Mais pas le même Duncan que celui qu'il a laissé à la tête de l'autre tribu.

Ce Duncan est différent ; il est plus grand, plus mince. Ses traits sont plus petits, plus fins, plus finis.

Il marche hardiment vers Faron.

« Pourquoi es-tu là ? »

Il parle ! Faron s'arrête un instant, à nouveau choqué.

Son inquisiteur attend, mais Faron, comme souvent dans les moments de stress, ne peut se résoudre à parler.

Et comme il n'y a pas de Jay pour le tirer d'affaire, le silence s'étire. Les secondes passent jusqu'à ce que l'autre se retourne vers le village.

« Il ne parle pas », crie-t-il à celui qui se cache derrière la balustrade.

Il hausse ensuite les épaules et se retourne, prêt à retourner à la colonie.

La crainte de Faron de perdre l'occasion d'obtenir l'aide de cette tribu le pousse finalement à parler.

« Attendez ! Je parle. Je peux parler. S'il vous plaît, s'il vous plaît, nous avons besoin d'aide. »

L'instinct de survie est, en ce moment, une merveilleuse réalité.

Le porte-parole se retourne vers les deux êtres encore plus primitifs que lui.

« Vous parlez ? »

« Oui, oui, je peux parler. Nous avons besoin d'aide. S'il vous plaît, pouvez-vous nous aider ? »

« Vous êtes de l'autre tribu ? Autre tribu pas parler. »

Il montre des signes fondamentaux de
perplexité.

« Je peux parler. Écoutez. C'est moi qui parle.
C'est moi qui demande de l'aide. Regarde. » Il
soulève le pied d'Angelique qui palpite.
« Nous avons besoin d'aide. »

Bien qu'il soit beaucoup plus avancé que
l'autre tribu, le temps que prend ce nouveau
Duncan pour assimiler l'idée que quelqu'un de
l'autre tribu puisse parler est plus que ce que
Faron peut supporter.

« Regarde, crétin, elle s'est blessée au pied.
Elle a besoin d'aide ! » hurle-t-il à l'imbécile
immobile qui lui fait face.

Malheureusement, sa frustration et sa colère
suscitent exactement la même réaction chez ce
guerrier primitif que chez le maître d'hôtel du
restaurant de St. Ives... d'où il a été rapidement
et sans ménagement mis à la porte.

Cette version de l'âge de pierre du maître
d'hôtel réagit en montrant ses dents et en
brandissant sa lance de manière menaçante
dans leur direction.

Avant que Faron ne puisse penser à réagir à son tour, sa protégée hurle, se couvre la tête de ses bras et se retourne pour courir dans la forêt.

Seulement, au moment où elle met du poids sur le pied endommagé, le choc et la douleur sont si grands qu'elle enlève immédiatement son poids. Avec un petit souffle, elle tombe.

Ne sachant comment réagir à cette série d'événements, aucun des deux hommes ne bouge.

Du coin de l'œil, alors que son attention est toujours portée sur ce sauvage potentiellement dangereux, Faron remarque que la grande porte s'ouvre à nouveau, et que quelqu'un d'autre se dirige vers eux.

Il la connaîtrait partout, dans n'importe quel monde, dans n'importe quel corps.

Sa tante Geneviève a quelque chose d'incomparable.

Oui, elle est aussi plus petite, plus rude et plus poilue que son homologue moderne, mais même à cette distance, c'est bien elle.

Il observe avec admiration cette matriarche majestueuse qui avance lentement et sûrement vers eux.

Le soldat remarque son arrivée et se met respectueusement sur le côté.

« Ramassez-la » ordonne-t-elle.

Sans la moindre hésitation, il se dirige vers Angélique, se penche et la prend dans ses bras.

Elle doit être aussi choquée que Faron, car elle n'offre aucun signe de résistance.

Pendue comme une poupée de chiffon brisée sur sa large épaule, elle est transportée dans l'enceinte.

Faron se réveille de sa transe et se précipite à leur suite.

22. La maison de sa maison

En pénétrant dans l'enceinte, la première chose que Faron remarque est que les maisons, bien que rondes comme celles de l'autre tribu, sont beaucoup plus grandes encore qu'il ne l'eût d'abord pensé.

Les huttes de l'autre tribu étaient utilisées comme dortoirs et comme abri contre la pluie.

Il est clair que ces bâtiments sont utilisés pour bien plus que cela.

Il semble logique de suivre Geneviève et Duncan, pour voir où ils l'emmènent et ce qu'ils comptent faire.

Cependant, lorsqu'ils arrivent à un certain endroit du village, Duncan laisse Angelique à deux autres femmes et fait demi-tour.

Lorsque Faron tente de suivre son compagnon dans cette autre zone, il est brutalement repoussé par un groupe de femmes.

Il s'avère qu'il y a une petite partie de la colonie qui n'est pas très accueillante pour les hommes.

Il est donc là, parmi cette deuxième tribu, perdu quant à ce qu'il est censé faire.

Lorsqu'il était arrivé au campement initial, Angélique avait soigné son bras, puis l'avait emmené dans la salle à manger.

De là, il a été pris en main par certains des hommes, qu'il a suivis et copiés jusqu'à ce qu'il ait suffisamment appris de leurs méthodes pour trouver sa propre voie.

Pour l'instant, bien que la réalité soit toute autre, il se sent comme quelqu'un qui a passé toute sa vie sur une île lointaine pour être transporté en plein New York.

Quelque chose comme Arnold Schwarzenegger dans *Twins*.

Et donc, il est là, perdu dans le temps, l'espace et la pensée.

C'est alors que quelque chose attire son regard... quelque chose de brillant. Quelque chose de métallique.

Il n'est plus à l'âge de pierre. C'est une communauté de l'âge de fer.

Soudain, il se souvient. Du fer... du charbon de bois... et cet objet là... bien sûr, c'est une roue.

Se réveiller d'un rêve tout en le vivant est une expérience quelque peu singulière.

Il semble qu'il ne soit pas le seul à se souvenir.

Duncan réapparaît. L'existence de Faron est également réapparue dans la conscience de l'autre.

« Viens, voici la cabane. Ici tu vivras avec moi. »

Il le conduit à l'une des grandes habitations rondes, et ils entrent.

Elle est beaucoup plus grande que les autres cabanes.

En plus de plusieurs espaces de couchage, il y a une cheminée centrale, des peaux rembourrées pour s'asseoir, et des supports pour les armes et les ustensiles de cuisine.

En levant les yeux, Faron remarque des bandes de viande qui sèchent sur certaines des poutres du toit.

Et il y a une autre différence importante entre ces gens et l'autre tribu - ils portent des vêtements.

Des pantalons amples et des hauts rudes, voire des chaussures.

Duncan le dirige vers une simple couchette en bois.

« Tu dors ici. »

En voyant le lit, quelque chose en Faron réveille la conscience de son propre corps.

C'est plus que suffisant pour lui dire à quel point cette aventure a été épuisante, et à quel point il se sent profondément fatigué.

« Merci », c'est tout ce qu'il parvient à marmonner avant de se laisser tomber lourdement sur le lit et de sombrer immédiatement dans un profond, profond sommeil.

23. Le roi et moi

Faron a dû dormir pendant plusieurs heures avant d'être réveillé.

Il est physiquement ranimé par un autre membre de la tribu. L'homme est assez jeune, ou du moins c'est ce qu'il semble dans la pénombre du petit feu qui vacille doucement dans le cercle central de pierres.

« Toi, réveille-toi. Maintenant. » Son geste est un peu trop brutal, et Faron, choqué, encore à moitié endormi, doit se rattraper pour ne pas frapper son agresseur velu.

« Qu'est-ce que... »

« Viens. Viens maintenant. Vous venez voir le roi. »

C'est quoi ce bordel ? Faron secoue la tête. Ils ont maintenant des rois. Les choses avancent vite dans ce rêve.

Il se traîne donc lourdement hors du lit et suit le jeune homme hors de la hutte.

Il semble que toute la tribu soit là. Il scrute rapidement la congrégation à la recherche d'Angélique, mais elle n'est pas présente.

Pourtant, Geneviève est là, parmi un groupe de femmes.

Il y a quelque chose à propos de deux d'entre eux qui semble familier et inconfortable, mais il n'a pas le temps ou l'espace mental pour s'interroger à ce sujet car il est immédiatement dirigé vers la présence royale.

Bien sûr, il y a un choc momentané, mais ensuite viennent l'acceptation et la résignation.

Il aurait dû savoir que ce cauchemar ne serait pas complet sans De Sade lui-même.

Même sans son cigare et son whisky à la main.

Même avec une longue barbe hirsute et des cheveux longs comme les épaules.

Même avec une mâchoire qui semble pouvoir ouvrir des noix du Brésil.

Il n'y a même pas une seconde de doute.

Le voilà, une fois de plus, confronté au regard méprisant de son père omnipotent.

« Qui êtes-vous ? »

Choqué, surpris, intimidé, Faron est transi, figé, incapable de répondre.

Si seulement...

« C'est un homme d'une autre tribu. »

Sauvé, encore une fois, par son sauveur éternel. Il n'a pas le temps de regarder autour de lui, de voir, d'apprécier. Il doit continuer à faire face à l'ogre de ses pires cauchemars.

« Je suis de l'autre tribu. » Et l'étreinte est brisée ; il est dégelé. Son esprit et sa bouche reviennent à un état fonctionnel.

« Ma compagne s'est blessée au pied. Elle a besoin d'aide. »

« Pourquoi es-tu venu ici ? »

C'est une question évidente. Heureusement, il s'y est déjà préparé. « Notre tribu n'a pas votre médecine. »

J.J. a l'air soudainement grincheux. Ce n'est pas un bon signe.

Faron commence à paniquer jusqu'à ce qu'il se rende compte que cette version de l'âge de fer de son père n'a pas le vocabulaire du vingtième siècle.

« Les gens de votre tribu peuvent guérir ma compagne. » Plus simple, plus simple…

« Les gens de ma tribu ne sont pas... intelligents. Votre peuple sait comment faire des choses que mon peuple ne sait pas faire. Vous êtes un grand chef. »

Le puissant potentat sourit. Cette explication a fait mouche.

Dans ce moment de bonne humeur, Faron a la liberté de regarder autour de lui ... pour trouver cette personne.

La seule personne qui, dans sa jeunesse, a toujours été là pour le sortir de ses « funks », de ses moments de pétrification face à leur père.

Cette incarnation de Jay, bien qu'en totale harmonie avec la période historique supposée, ressemble inexplicablement à son frère à la fin de son adolescence.

Il sourit en signe de reconnaissance.

L'autre sourit en retour. Le sourire est amical et ouvert, et frappe Faron comme une fléchette brûlante, lui transperçant le cœur d'un simple et doux swoosh.

La douleur est insoutenable et, comme s'il avait reçu un coup physique, il se tord et tombe.

Le choc de son propre désespoir émotionnel n'a d'égal que la consternation de ceux qui l'entourent.

Ils ne se rendent pas compte à quel point la relation facile et solidaire avec son jeune frère attentionné a manqué à Faron.

Ni à quel point il a souffert de la supposée trahison de son frère.

Ni les choses horribles qu'il a faites en représailles.

Certainement pas la destruction qu'il a causée sur la vie de son frère.

Et ils ne peuvent même pas commencer à comprendre à quel point cela signifie d'échanger, une fois de plus, un sourire si chaleureux avec lui.

Et pourtant, maintenant qu'elle est là, tout ce qu'il peut penser, c'est à quel point il a foutu en l'air leur vie à tous les deux.

Combien il est responsable de sa propre douleur et de la souffrance de tous ceux qu'il a soignés.

On dit qu'on ne réalise pas l'importance d'une chose avant de la perdre.

Aussi vrai que cela puisse être, nous, les humains, sommes aussi particulièrement capables de compartimenter et de nier notre propre douleur.

Souvent, ce n'est que lorsque nous avons l'occasion de goûter à nouveau ce que nous avons perdu que les vannes s'ouvrent et que nous sommes vulnérables à l'expérience complète de cette perte.

Alors le voilà, perdu dans un épisode cathartique complet.

La peur de perdre Angélique par son ignorance doit certainement aussi contribuer à son sentiment d'échouer constamment à faire les bons choix.

Mais la destruction de sa relation avec Jay se disputera toujours une place dans le top 3 de ses plus grandes erreurs.

Tout à fait comparable à celles concernant Angélique et Aideen.

Angélique - le premier et peut-être le seul véritable amour de sa triste existence.

Et Aideen - la fille dont il a réussi à briser la jeune vie.

Cependant, c'est Duncan qui vient finalement à son secours.

Un autre à qui il avait fait des choses horribles dans sa vie réelle. Qui vient le chercher et le ramène dans sa cabane.

Il le dépose doucement sur sa couchette avant de se retourner et de partir sans un mot.

24. La nouvelle lune

Faron a appris à s'adapter au rythme de la première tribu. S'adapter à la seconde ne s'avère pas plus difficile.

Au moins sur le plan pratique.

Sur le plan émotionnel, être à nouveau sous la domination de son défunt père ne s'avère pas aussi facile.

Il voit Angélique de temps en temps, mais elle est constamment sous l'œil d'au moins une des autres femmes.

Elle semble devenir un peu plus forte, mais il n'y a pas de remède miracle ici ; seul le temps le dira.

Faron a également résolu le mystère des deux femmes qu'il a remarquées le premier soir.

Ce sont des versions de l'âge de fer d'Aideen et d'Angélique.

Ici, juste pour le déstabiliser totalement, elles sont meilleures amies, adolescentes, peut-être sœurs.

Oui, cette version d'Angélique est également séduisante et, d'une manière assez étrange, très proche du souvenir qu'il a d'elle lorsqu'elle était adolescente.

Après réflexion, il se rend compte que laisser tomber l'ancienne version, certes plus rude, pour le modèle plus jeune, plus récent et plus avancé ne serait pas une si bonne idée.

Comme la survie est la leçon à retenir ici, une certaine maîtrise de soi est plus que nécessaire.

Qui sait lequel des membres de la tribu pourrait apparaître comme un père, ou pire encore, un prétendant secret ?

Non, mieux vaut laisser celui-là tranquille.

Ils sont maintenant ici depuis quelques semaines, et Faron pense que c'est peut-être un endroit où il peut s'installer confortablement.

Il doit juste attendre que le guide décide s'il a compris la leçon de survie, puis le laisser continuer ce drôle de voyage.

Les femmes semblent préparer quelque chose.

Et à la nuit tombée, les hommes, dont certains portent des tambours et d'autres types d'instruments, se dirigent en silence vers le lieu de rencontre.

Le feu brûle. Un petit groupe de femmes se rassemble autour des flammes qui dansent.

Ils s'assoient et attendent.

Faron regarde sortir de l'ombre sa sorcière de tante. Elle porte des chaînes de bijoux en métal entrelacées d'os de petits animaux.

Elle porte un petit tambour, de la taille d'un grand tambourin.

Tous les regards la suivent alors qu'elle commence à tourner autour des femmes assises.

Doucement, doucement, elle commence à tapoter un petit rythme sur la peau tendue.

« Mère lune, mère lune, viens s'il te plaît. »

Le chœur féminin reprend le rythme, le feu vacillant, éclairant au hasard leurs visages graves.

« Qu'est-ce qui se passe ? » Faron est debout à côté de Jay. Ils sont devenus plus proches ces derniers jours.

« Les femmes prient la lune et demandent qu'elle revienne » répond le plus jeune homme.

C'est alors que Faron remarque qu'il n'y a pas de lune ce soir. Il ne s'était pas rendu compte de son déclin ces derniers jours.

C'est donc à ça que ressemble un rituel de nouvelle lune, pense-t-il.

Les hommes ont maintenant rejoint le tambour, mais le tempo reste le même.

« Alors, que se passe-t-il ensuite ? »

« Tout le monde chante et appelle Mère Lune à revenir. Puis tous dansent et appellent le retour de la lune. Puis le roi choisit une nouvelle épouse pour cette lune. »

« Il choisit une nouvelle femme chaque mois ? » Faron est à la fois choqué et intrigué.

« Grand bonheur si le roi vous choisit. »

Il faut quelques secondes à Faron pour comprendre que Jay veut dire que c'est un grand honneur pour la femme choisie.

« Alors, qui pensez-vous qu'il va choisir ce soir ? »

« Le roi a déjà choisi toutes les femmes de la tribu. Je pense qu'il choisira la compagne de Fa'an. »

Il ne faut qu'un clin d'œil à Faron pour assimiler l'information : son Angélique est sur le point de lui être volée, et par son père !

Non, non, non. Ni dans ce monde, ni dans aucun autre, ce bâtard ne coucherait avec son Angélique.

Et donc, comme on dit dans la Bible, ça s'est passé.

Au cours d'une autre nuit de fête, il saisit le bras d'Angélique et l'oblige à fuir la tribu avec laquelle ils vivent.

25. Le problème du Paradis

Ce que Geneviève a fait pour le pied d'Angélique s'avère efficace et, en quelques jours, elle peut marcher sans trop souffrir.

Et c'est ainsi qu'ils peuvent retourner à leur mode de vie paradisiaque.

Cependant, le problème du paradis est qu'au bout d'un moment, il devient un peu répétitif.

Une fois de plus, Faron, un homme né au vingtième siècle, où survie rime avec activité et défi, commence à se lasser de ce mode de vie confortable, mais monotone.

Ici, à part la collecte de nourriture et l'évitement de certains animaux et insectes dangereux, rien ne remplace les défis quotidiens de la vie moderne.

Aussi, lorsqu'il entend des cris, quelque part au loin, il ne réfléchit pas à deux fois avant de saisir son arc et ses flèches, et de se précipiter vers le drame.

On pourrait imaginer que Duncan, Jay et une femme de l'âge de pierre traquaient quelque chose de relativement petit lorsqu'ils sont tombés sur une famille de sangliers.

Il semble qu'une éternité s'est écoulée depuis que Faron a quitté le campement de la tribu originale, et c'est donc avec une certaine surprise qu'il les aperçoit à travers une brèche dans les arbres massifs.

Son attention est cependant rapidement attirée par un groupe d'animaux un peu moins sympathiques qui font également partie de la scène.

Le fait que les cochons de cet environnement soient encore plus gros que les plus grands de l'espèce que Faron ait jamais vus en fait des ennemis particulièrement intimidants.

Il est toujours protégé par un écran d'arbres alors qu'il regarde les trois membres de la tribu reculer contre une paroi rocheuse.

À un mètre de là, deux porcs très gros et très laids leur reniflent dessus, et trois, peut-être quatre plus petits tournent vaguement autour.

L'esprit humain est un type d'ordinateur très particulier. Il absorbe les données qui lui sont présentées et procède ensuite, à une vitesse impressionnante, à la mise en corrélation de ces informations avec toutes les permutations imaginables des résultats.

La première chose qui lui vient à l'esprit n'est pas la plus évidente, mais elle est néanmoins importante.

S'il sauve Duncan, il devra soit rendre Angélique, soit se battre contre lui pour ses faveurs.

Aucune des deux issues n'est à son goût, mais un troisième plan d'action - ou, pour être plus précis, de non-action - consistant à les laisser survivre ou non, sans aucune intervention de sa part, surgit dans sa conscience si brièvement qu'il a peu d'impact.

"Aaaaaaaghhhh", rugit-il depuis sa cachette.

Flèche en main, il attend qu'un des cochons adultes se tourne vers lui. Puis il lui tire un missile dans la tête.

La flèche trouve sa véritable cible et une nouvelle espèce de licorne hideuse est créée.

Il beugle de rage, baissant la tête pour se préparer à la charge.

La bête, quelque part entre un rhinocéros à trois cornes et un camion de quatre tonnes, fonce vers le petit singe trapu à deux pattes.

Faron sait qu'il est en danger - immortel ou non, il pourrait être gravement blessé et ressentir une douleur considérable.

Et ce pendant quelques longues semaines, si ces défenses vicieuses venaient à toucher sa peau non protégée.

Pourtant, il a encore un micro-moment pour réfléchir à l'une des petites blagues de la nature - les attributs des porcs et des vaches.

À première vue, on pourrait très bien imaginer que ces lourdes bêtes doivent être lentes.

Cependant, comme n'importe quel cow-boy expérimenté peut en témoigner, une vache peut dépasser la vitesse d'un cheval, et les cochons ne sont pas non plus des animaux lents.

Il est en difficulté et il le sait. Il n'a que très peu de temps pour trouver de quoi le distraire avant qu'il ne le transforme en kebab Pierre-Alain-James-Faron-Ferguson.

« Olay ! » Le matador présente au taureau une fausse cible en tendant les bras. Il suit l'action et passe, à quelques centimètres de son corps souple.

Que le sanglier se dirige vers la proue, et ignore Faron, n'est pas logique d'un point de vue humain.

Pourtant, quelque chose dans le petit cerveau de l'animal doit certainement considérer qu'il s'agit d'un autre appendice et donc d'une partie de la cible.

Il y a de l'activité en provenance de la direction des autres. Son regard balaie la scène.

Angélique est arrivée. L'autre porc l'a repérée, tandis que les autres se préparent à l'attaque.

Cependant, l'adversaire de Faron est toujours en combat à un contre un avec lui, et ce ne sont pas de grandes chances compte tenu de la force et de la vitesse du combattant.

Le truc de la tauromachie fonctionne assez bien la première fois. Maintenant, il a besoin d'une autre stratégie.

Le sanglier est rapide, furieux, mais pas très *futé*. Faron est assez rapide et particulièrement *futé*.

Cela devrait lui donner l'avantage dont il a besoin.

Le cochon géant s'est éloigné un peu des arbres. De cette façon, il peut prendre de la vitesse avant de se tourner à nouveau vers l'objet à empaler.

Faron recule lentement, ses yeux noirs en amande fixés sur les petits yeux de fouine de son ennemi.

Il s'arrête un moment, renifle l'air et se prépare
à charger.

Faron fait un autre pas en arrière, mais son
chemin est bloqué par l'un des énormes arbres
qui remplissent cette ancienne forêt. Il se
presse contre le grand bois. Il n'y a nulle part
ailleurs où courir.

La bête charge. La distance est loin d'être
grande et en quelques secondes, elle se
précipite vers Faron. Comme un jouet attaché
à un élastique, elle semble voler vers sa cible.

Faron ne bouge pas. Angélique voit ce qui se
passe et crie de peur et d'angoisse - un
équivalent de *NON !* - mais il est bien trop tard
pour que cela ait un quelconque effet.

La créature est presque sur lui.

Sa tête se redresse - un réflexe qui pousse les
défenses vers le haut.

L'élan de la charge devrait être suffisant pour
transpercer la proie d'avant en arrière.

Seulement Faron n'est pas là.

Au tout dernier moment, il glisse autour de l'arbre, évitant de justesse le bord tranchant de la défense gauche.

Le sanglier, quant à lui, ne peut rien faire pour éviter l'arbre et s'y écrase de toutes ses forces.

L'écorce se fend et les cornes empalent le tronc. Maintenant, le sanglier ne peut ni avancer ni reculer.

Il couine de colère, de frustration et de douleur alors que le groupe de chasseurs l'élimine rapidement. Et puis c'est fini.

26. La fête finale

Ils sont de retour au camp. C'est un autre festin - deux grands sangliers à manger et quatre petits capturés et mis en cage. Il y a de bonnes raisons de faire la fête.

L'anticipation de goûter à nouveau à la viande est agréable pour Faron. Angelique et lui ont eu peu de succès avec la chasse ou le piégeage.

Quoi qu'il en soit, il ne peut pas se détendre.

Comment le pourrait-il s'il ne sait pas comment Duncan le punira pour s'être enfui avec sa femme ?

Comme c'est son rôle, Duncan coupe les premières portions de viande de la carcasse rôtie.

Il creuse avec sa pierre pointue et découpe le cœur.

Il le remonte et le sort, et cherche quelque chose ou quelqu'un.

« Fa'an », crie-t-il. Et encore, « Fa'an. »

Angélique apparaît de quelque part, l'attrape par le bras et le traîne vers Duncan.

Faron est trop surpris pour résister. « Fa'an. »

Duncan se tourne vers lui et lui offre le cœur.

C'est ce que je fais, le plus noble que je possède.

« Fa'an. » Il donne le prix à Faron, qui sourit et le prend, encore déconcerté, mais incroyablement soulagé par ce geste de fraternité.

« Vous voyez, la survie n'est pas le chacun pour soi, ni la survie du plus fort. La survie est une affaire de groupe ; si votre groupe, votre tribu, votre équipe se porte bien, alors vous pouvez aussi vous porter bien. »

« La survie est pour les joueurs d'équipe. »

« Voilà, maintenant vous l'avez. »

« Mais pensez-vous que ça ira si Angélique reste avec moi ? »

« Oh, vous pourriez faire encore mieux qu'elle. »

« Qu'est-ce que tu veux dire ? »

« Viens, je vais te montrer. »

Il prend Faron par la main et l'entraîne dans l'obscurité derrière une des huttes.

« Attention » dit-il quand ils sortent. « Vous ne voulez pas tomber dans un canal. »

« Canal ? »

« Oui, Venise en est pleine… »

Autres travaux

par

Gary Edward Gedall

L'île de la sérénité Livre 2
Soleil et pluie

C'est le deuxième chapitre de l'histoire de la vie de Faron, dans lequel il tombe amoureux, devient un vrai cow-boy, entre en pension et retrouve ses deux meilleurs amis.

Il est également confronté, pour la première fois, à de nombreux dilemmes et choix de la vie de jeune adulte.

Ses conflits et ses tourments le mettent sur la voie de l'isolement et de la trahison.

Comment réagiriez-vous, si vous étiez pris sur la même route solitaire ?

L'île de la sérénité, Livre 3
L'île du plaisir
Vol. 1 : Venise

Partie 1

Faron se retrouve dans une version passée de Venise, en tant que propriétaire d'un vieil mais grand hôtel qui sert de lieu de rencontre entre les hommes riches de la ville et les escortes de haut niveau qui vivent dans l'établissement.

Faron peut faire tout ce qu'il veut sans limite ni coût. Il peut non seulement profiter des filles, mais aussi manger et boire sans limite, sans jamais souffrir de gueule de bois ou de prise de poids.

Mais pourquoi l'énigmatique guide l'a-t-il amené ici, et son accès illimité aux offres de la vie lui apportera-t-il vraiment le plaisir qu'il recherche ?

Partie 2

Faron est transformé en un adolescent tom boy. Dans cette version plus moderne de Venise, *il* n'a que sept jours pour se transformer en une escort-girl de grande classe.

Que signifie pour lui cette expérience, et l'intrigue des autres personnes de sa sphère, dans sa quête permanente de compréhension et d'expérience du plaisir ?

L'île de la sérénité, Livre 4
L'île du plaisir
Vol. 2 : Japon

Faron se retrouve dans un Japon d'autrefois, dans le corps d'une jeune geisha stagiaire.

Qui est le triste jeune homme qu'il doit aider ?

Pourquoi doit-il cacher l'identité de sa mère au reste du monde ?

Pourquoi l'amour de la vie de sa mère a-t-il été volé par sa sœur, connue de tous sous le nom de Madame Butterfly ?

Quel rôle joue le seigneur féodal de la région dans tout cela ?

Et comment Faron réussit-il enfin à trouver la clé pour redécouvrir le plaisir dans sa vie ?

L'île de la sérénité, Livre 5
L'essor et la chute

Faron passe de l'état d'adolescent à celui d'homme jeune et déterminé.

Il commence par s'échapper à New York, avant de commencer sa carrière universitaire, et de retrouver ses deux meilleurs amis, Duncan et Mike.

Après avoir obtenu leur diplôme, les trois hommes ont créé une entreprise de fabrication, d'achat et d'importation de marchandises en provenance d'Indonésie.

Le succès semble être au coin de la rue, mais Faron ne peut s'en empêcher. L'amertume et la trahison le poursuivent comme un chien affamé.

Détruire un ami cher n'est pas un acte qu'il prend à la légère, mais il le fait.

Et qu'en est-il d'Angélique et de sa fille, Aideen ? Il est toujours impliqué émotionnellement, mais est-ce une bonne ou une mauvaise chose ?

Seul le temps nous le dira.

L'île de la sérénité, Livre 6
L'île de l'estime, 1ère partie
L'histoire du chevalier

Faron, notre anti-héros, se retrouve transporté dans le corps de Sir Lancelot dans la suite de cette série fantastique inspirée.

Il est en quête de la guérison de son amour-propre, mais le chevalier, bien que noble et courageux, est aussi un être humain imparfait. Il évite les conflits émotionnels, mais ne peut échapper à sa passion pour Guenièvre.

Suivez Lancelot dans son voyage romantique torturé, dans un monde d'intrigues de cour, de magie et d'héroïsme.

L'île de la sérénité, Livre 7
L'île de l'estime, partie 2
Le Morte d'Arthur

Dans ce deuxième et dernier volume de *L'île de l'estime*, nous suivons Al qui continue à montrer à Faron ce que signifie être un héros.

Lancelot est toujours troublé par son incapacité passée et présente à s'imposer dans toute autre situation que la bataille.

Nous apprenons comment Lancelot a été pardonné par Guenièvre, et pourquoi Arthur a accepté la demande de son aide pour récupérer le sceptre d'Uffington.

Et comment et pourquoi Al a choisi et réussi à la voler, et pourquoi il est motivé pour la voler non seulement une deuxième, mais aussi une troisième fois.

Nous suivons les manipulations magiques de Merlin et Morgane le Fey.

Enfin, nous découvrons ce qui arrive à Lancelot et Al avant, pendant et après la bataille finale entre Arthur et Mordred.

Dhargey est un enfant malade, ou du moins est traité comme tel par ses parents.

Il est trop faible pour rejoindre l'armée, travailler dans les champs ou même entrer au monastère en tant que moine stagiaire.

Pour comprendre pourquoi il doit entrer dans l'ordre avec un programme allégé, le garçon est obligé d'accompagner un vieil homme vénéré un peu plus haut dans la montagne.

En le voyant partir, ses parents se demandent s'ils reverront un jour leur fragile fils. Leurs craintes ne sont pas infondées.

Il est un enfant de sept ans heureux et en bonne santé jusqu'à ce qu'il soit témoin des cavaliers, vêtus de rouge et de noir, qui détruisent son village et assassinent ses parents. Le traumatisme est profond dans sa psyché.

Seule une rencontre fortuite avec un moine errant peut le remettre sur le chemin de la santé et de la sérénité.

À travers la méditation, les initiations, les contes, l'apprivoisement des chevaux sauvages, la transformation en singe, la maîtrise du bâton et de l'épée, le futur jeune maître se prépare à affronter son plus grand démon.

Deux hommes, deux voyages, un seul but.

Les contes de Pierre le lutin

Peter, un jeune lutin innocent et honnête, Elli, une fée modeste, puissante et beaucoup plus vieille qu'elle ne le paraît, le vieux crapaud Timothy, digne de confiance, et le très noble dragon de feu sont les meilleurs amis du monde.

Ensemble, ils vivent de nombreuses aventures merveilleuses et réconfortantes.

Raconté dans le style d'une histoire classique pour enfants, Peter et ses amis rencontrent toutes sortes de créatures et de situations.

Comme les autres enfants, Peter est souvent confronté à des expériences qu'il ne sait pas comment gérer au mieux, et il réagit souvent de manière peu appropriée. Heureusement, avec l'aide de ses amis, de sa bonne volonté et de son bon sens, tout se passe pour le mieux.

Non-fiction :

Vivre en harmonie avec le monde réel

Vol 1

Principes fondamentaux, famille, amis et adversaires

La vie est souvent vécue comme une série de conflits et d'agressions, tant de l'extérieur qu'à l'intérieur de nous-mêmes.

La série Vivre en harmonie avec le monde réel vous conduira vers une manière plus harmonieuse de gérer les nombreux éléments complexes et contradictoires de votre vie quotidienne.

Ces conflits nous épuisent, nous dépriment, nous mettent en colère et nous rendent généralement malheureux et insatisfaits.

Être plus en harmonie avec soi-même apportera plus de bonheur, plus d'énergie et ouvrira la voie à l'épanouissement personnel.

Le volume 1 couvre : une introduction aux concepts de base, notre relation avec nous-mêmes, notre famille (partenaire, enfants, parents, frères, sœurs et beaux-parents), nos amis et nos ennemis.

Ce livre est écrit dans un style particulièrement convivial et accessible.

Vivre en harmonie avec le monde réel
Vol 2

Travail : Paradis ou Purgatoire

Il s'agit du deuxième livre de la série Living in Harmony with the Real-World.

Nous y reviendrons rapidement sur les principes fondamentaux du concept « Vivre en harmonie avec le monde réel », qui consiste à être en harmonie non seulement avec l'environnement extérieur, mais surtout avec soi-même.

Nous passons la majeure partie de notre vie d'adulte au travail.

Nous aurons tous des collègues, des patrons et souvent des subordonnés.

Espérons que ces personnes seront polies et professionnelles.

Certains d'entre eux ne le feront pas.

Ce livre vous aidera :
- Choisissez le meilleur type d'emploi pour vous
- Réfléchir au montant à investir
- Comment aborder un nouvel emploi
Et
- Comment gérer les collègues et les patrons difficiles, et ses subordonnés.

Vivre en harmonie avec le monde réel
Vol 3

Faire face à la perte et au deuil

Faire face à une perte et à un deuil est un processus très personnel.

Chaque culture, religion, groupe, famille et personne doit trouver sa propre voie lorsqu'elle est confrontée à ces défis très importants.

Ce livre vous guidera dans votre cheminement personnel vers l'autoguérison et le soutien aux personnes qui souffrent autour de vous.

Nous examinerons comment d'autres personnes affrontent ces étapes et les approches standard.

Cependant, la force et la différence de ce livre est que nous regardons qui vous êtes, qui ou ce que vous avez perdu.

De votre relation honnête avec ce qui est parti, et enfin, des voies et moyens qui vous conviendraient le mieux pour y faire face.

SOUVENIR
Histoires et poèmes pour l'auto-assistance et le
développement personnel basés sur les techniques de
l'auto-hypnose et de l'éricksonianisme.

Le crépuscule tombe. Le monde se rétrécit peu à peu en un cercle plus petit à mesure que la lumière diminue.

Le centre de ce monde est éclairé par un petit soleil crépitant ; les flammes dansent et les visages rudes des personnes rassemblées là sont éclairés par le feu de leurs attentes.

Le vieil homme va commencer à parler. Il expliquera comment le monde est, comment il était, comment il a été créé. Il les aidera à comprendre comment les choses ont un sens, un ordre, une façon d'être.

Il clarifiera les sources du mal-être et du malheur, ce qu'est la maladie, d'où elle vient, comment la remarquer et comment la guérir.

Pour guérir les malades, il fera appel aux forces des royaumes invisibles. Peut-être qu'il chantera. Certainement, il parlera, et parlera, et parlera.

Depuis la nuit des temps, nous nous rassemblons autour de ceux qui peuvent répondre à nos questions et soulager nos souffrances.

Cette pratique n'a pas fondamentalement changé depuis les temps les plus reculés ; à chaque époque, continent et culture, nous avons trouvé et continuons de trouver ces expériences.

Dans cette tradition de guérison, l'une des plus anciennes, il a associé des théories et des techniques thérapeutiques modernes à des histoires et des poèmes de la plus haute qualité.

Avec beaucoup d'humanité, des vignettes cliniques, du bon sens et beaucoup d'humour, le lecteur est doucement transporté de situation en situation. Que les problèmes décrits vous concernent directement, indirectement, ou pas du tout, vous trouverez certainement un intérêt et des bénéfices à la richesse des éclairages et des conseils contenus dans ces histoires et ces poèmes.

Représentation de l'esprit
Vol. 1

Un modèle simple qui explique le fonctionnement et le dysfonctionnement de la psyché humaine.

Introduction à la théorie des champs du fonctionnement humain

Pour l'homme et la femme de la rue, les théories et modèles complexes et concurrents de la psyché humaine - son développement, son fonctionnement et ses dysfonctionnements - sont souvent inutiles.

Cela devient encore plus problématique lorsqu'ils se trouvent en difficulté ; même les professionnels de la santé mentale, qui sont des experts dans leur propre domaine, se trouvent dans l'incapacité de communiquer avec succès comment et pourquoi le brevet ne va pas bien et ce qu'il faut faire pour trouver ou retrouver un équilibre sain.

Est-il possible d'imaginer un modèle plus simple, accessible à tous, qui explique le développement, le fonctionnement et le dysfonctionnement de la psyché humaine, un modèle qui s'appuie sur l'expérience et la recherche des concepts et des idées de la psychologie occidentale moderne, et qui intègre les visions traditionnelles de la psyché humaine et la théorie contemporaine des sciences physiques ?

Picturing the Mind offre justement un tel modèle.

www.ingramcontent.com/pod-product-compliance
Lightning Source LLC
Chambersburg PA
CBHW071500170626
46811CB00007B/2654